虛擬世界
瀑流

朱朱莉 著

竹和松出版社

出版：竹和松出版社（Zhu & Song Press）

Zhu & Song Press, LLC

North Potomac, Maryland

責任編輯：朱曉紅

責編信箱：editor@zhuandsongpress.com

封面設計：竹和松傳媒

出版社網址：www.zhuandsongpress.com

印刷地：美國，英國

發行：全球（中國大陸除外）

ISBN-13:978-1-950407-23-1

ISBN-10:1-950407-23-3

關於作者

朱朱莉，生於七十年代寧波，科幻小說家。現居美國華盛頓地區。愛好文學，傳媒，編程。中國科學院天體物理和喬治華盛頓大學工商管理雙碩士。曾任國內知名教育門戶網站資訊發展部總經理，也曾任美國著名報業集團高級軟體工程師。有多篇長中短篇科幻懸疑推理小說發表。出版有長篇小說：《虛擬世界 瀑流》、《半夏星球》，中篇小說：《殺人機器人》、《機器人總統》、《他人地獄》、《機器人保鏢》等，短篇小說：《初戀情人》等。並有《機器之城》等科幻小說集出版。

朱朱莉的科幻作品曾在豆瓣取得 8.6 的高分。多部作品入圍豆瓣科幻類徵文大獎比賽。每部小說均在海外華人最大門戶網站得到很高人次的閱讀。朱朱莉的科幻小說集《機器之城》（The City of Robots）曾在亞馬遜網站中文小說新書發行排名第一：Amazon #1 New Release in Chinese Language Fiction.也曾很長時間排在亞馬遜網站中文科幻小說前五名，而且自 2019 年出版以來一直都在亞馬遜中文科幻小說排名前十五： Amazon Best Sellers in Fantasy, Horror & Science Fiction in Chinese.

謹以此書獻給

我的父母，女兒和丈夫

我的姐姐妹妹和弟弟

我的老師和朋友們

所有科幻懸疑推理小說愛好者們

所有曾探索外面的世界的人們

目錄

彼天神白世尊曰：“友！卿如何度瀑流耶？”

［世尊曰］：“友！我不住不求以度瀑流。”

“友！卿如何不住不求以度瀑流耶？”

［世尊曰］：“友！我住時沈，求時溺。友！我如是不住不求以度瀑流。”

——【相應部】第一經　有偈篇．諸天相應．葦品．瀑流

一．每天早晨跑過窗前的人

朱莉平時不會注意到跑過她窗前的那個人。

她作息有常，生活自律。常常在早晨七點多趴在朝窗的寫字桌前寫點字。這樣寫到九點鐘，鬧鐘就會及時響起，提醒她上班的時間到了。

她就職的公司離家近，五分鐘的開車距離，路途中不太會有交通堵塞等不可預見的事發生，這一點的便利和確定性保證了她有二個小時的早上寫作時間。

但最近不同了。

自從疫情開始，公司都讓他們在家上班。除了每星期一的例行部門會議彙報工作進程，其他的工作時間都靈活得很。

朱莉幹活以快出名。以前她實習的時候，她的杜克大學本科哈佛碩士畢業的女上司就這樣贊過她："No one can compete your speed!"　（沒有人能跟你比速度）。

以前去公司上班沒有辦法，只得坐足八小時，而且還得保留速度，故意拖延進度，否則活早早幹完了，幹什麼去？多幹活少幹活，一樣只是掙一份工資，公司不會因為她多幹活而多發她一份工資。

但在家她就可以發揮這個幹活快的優勢了。一天的活，她花一二個小時時間就能幹完，其他的時間就可以用來寫作。

所以她不必早起了，每天有的是時間寫作。

她原本就不是喜歡早起的人，實際上她喜歡享受，貪睡。

誰不喜歡享受呢？以前是沒有辦法，只得在早上省出時間來。自律都是因為沒有更好的辦法。人一天除去做飯吃飯睡覺做必要的家務時間留給每個人的總共就最多只有十二小時，再除去工作時間，如果還想要有點自己的寫作時間，只得在早上省出時間來，而且只有自律才能保證有這二個小時的時間。

否則磨磨蹭蹭，懶會兒床，看看新聞，看看論壇，看看微信，二個小時飛一般地就消失了。

現在，她寫作的時間就很不確定了。有時候早上一起來就發現已經九點多了，臉也顧不上洗，早餐也顧不上吃，趕快打開電腦，查郵件回復郵件，化一二個小時幹完必須完成的工作，她才進行寫作。有時候，她會等下午有寫作靈感的時候才會寫作。

為了讓自己工作環境與寫作環境區分開來，為了讓自己作為打工人的身份和作為寫作人的身份區分開來，她寫作還是固定在面窗的那間小書房的書桌上進行。而工作則是在主餐廳的大餐桌上進行的。

於是，她開始注意到了這個奇怪的人。這個人不修邊幅，頭髮淩亂，頭髮長度稍微有點長，像是永遠錯過了一次理髮，不高不矮，四十多歲的模樣，肚子有點往外突起，經常穿著的一件黑色的棉質 T 恤有點緊繃。

每次在她寫作的時間，那個人總會跑過她的窗前。不管颱風下雨。

以前，因為她寫作的時間是固定的，所以那個人跑過她的窗前，她都沒怎麼注意到這個看上去是那麼平凡的一個中年人。也許人家也像她一樣有一個自律的習慣固定的跑步時間呢。而那個跑步時間剛好與她的寫作時間重疊。

但現在，她每天的寫作時間是不固定了，甚至可以說是隨心所欲。但那個人還是每次在她寫作的時候跑過她的窗前。

朱莉突然心裏泛起一陣寒意，突然懷疑自己是不是生活在真實的世界。她是個軟體工程師，具體地說，是一個前端工程師。這個現象太像程式裏的一個模式，一個簡單的條件從句，朱莉甚至在心裏自然而然地湧現了一個簡單的條件程式塊：

```
if(isWriting){
    run();
}
```

從那次產生了異樣的感覺後，朱莉多加注意起了那個中年人。還刻意地故意隨機地更改自己的寫作時間。這一觀察，更是把她驚駭了。

怎麼可能？不管她怎麼變動時間，那個人總會在她寫作的時間，跑過她的窗前。而且他跑過她的窗前時，從來都是專心致志地在跑步，不左顧右盼，也不會往她這邊看過來。根本就像不知道有她這麼一個人的存在，更別說像知道有人在一個窗後的書桌偷偷地謹慎地注意著他。

朱莉生活在一個中產好學區的別墅社區。自從女兒龐蕪考上大學後，龐文彬就回中國工作了。所以寬敞的別墅平時只有朱莉一個人在裏面生活。現在因為受疫情的影響，龐蕪倒是回家上網課了。

這是三層的別墅，地下室是走出地下室，龐蕪現在搬去地下室住。地下室有獨立衛浴，還有洗衣房，工作室，健身房，是個相對獨立的空間，所以她一搬到地下室就不肯搬到樓上來了。

從前院看是二層露出地面，從後院看則是三層露出地面。她的小書房在第二層，即地面層的第一層，天花板上面是第三層的一個衣帽間，小書房的三壁是書架，一個書架上放滿了書，另二個書架上放滿了她收藏的唱片。唱片太重，甚至把一個在書架下麵支撐書架的木條都有點壓塌，朱莉只好重新用一個金屬條替代下麵被壓塌的木頭支條。

朱莉說不上是老唱片的收藏愛好者，甚至常常為如何處理這麼多沉重的幾千張唱片而煩惱。買的時候正興起老唱片收藏熱，剛好美國有這個獨特的條件，在二手市場出售的老唱片不貴，所以不知不覺中收藏了這麼多。放滿了整整二面的牆壁。另外一面就是朝著這個窗，朱莉喜歡對著窗外美麗的自然風景寫作，所以把工作臺轉了一個方向，能夠面對著這個窗。

這時她又開始寫作，而那個長相普通平凡的中年人專心致志地又跑過她的窗前。

二．工作出了點狀況

疫情以來，朱莉過了最初的疫情恐慌期後，其實對目前的工作狀態反而是更滿意了。因為在家工作，使她有了足夠的時間來做點寫作的事。

"滿則損"，古人的哲學思想是多麼的精准。正當朱莉逐漸適應疫情期中的生活和工作時，並對目前的生活感到滿意時，朱莉的工作出了點狀況。

朱莉工作公司 AltitudeX 公司（高度科技公司）主要是做政府合同，在大華盛頓地區，有很多這樣大大小小的各行各業的公司依仗著離華盛頓近的得天獨厚的地理優勢，做著政府合同。意味著靠政府的資金做著只賺不虧的生意。根據拿到的專案大小招相應的人，一旦合同丟失，要不把人員安置到其他專案（如果有的話），要不就裁員了事。對公司來說是不擔任何風險，除了資金的回轉週期要稍稍長一點之外，也就是意味著最初的起步資金要多準備幾個月。

朱莉做的專案是為國家太空軍做的政府合同專案。那個專案還是朱莉他們從無到有一點一點地從頭創建的。朱莉做前端工程師，這是一個完全是從草案一直到落入並真正投入實際使用的專案。

公司的管理層都覺得這將是一個長期的專案，畢竟這個專案需要長期的維護。朱莉他們都慶倖在不久的將來很長的一段時間，他們將不必為有沒有專案可做而操心。目前這專案已經很成熟，修修補補的工作及一些新功能的添加卻一直沒斷過，這個時期是做這個專案最舒服的時期，因為所有功能都是由自己一磚一瓦搭建起來的，從源頭開始就熟悉這個專案，所以自己心裏都知道哪兒需要一些改正，怎樣改正。

突然，有一天在一個普通的週一的例行會議中，朱莉的上司印度裔的帕特爾博士說："國家太空軍這個專案的負責人上次問我們，我們是願意把這個專案一次性出售給他們還是想長久維護這個專案，公司高層決定把那個專案一次性出售。所以這個專案從下個月起就不用做了。所有在這個專案組的人都會打散去加入到別的專案組或去開發新的專案。"

太突然了。政府的合同專案一般不會這麼突然改變計畫的。

但朱莉也沒細想，做新的專案有做新的專案的好處，至少可以學到點新東西。老專案做久了，雖然做著是舒服，但很難再學到新的技術了，到時想要跳槽就得下一番功夫更新技術和知識儲備。

然後，朱莉的搭檔艾莎，出生於美國的孟加拉裔人，突然於第二天宣佈辭職。而又過了一天，她的妹妹，阿妮卡，也是艾莎的工作介紹人，比艾莎早在公司工作幾年，在別的專案組工作但上司也是帕特爾博士，她也突然辭職了。朱莉雖然與阿妮卡接觸很少，但卻知道她與她先生就是在公司結識，原來是在同一個辦公室工作，後來結婚了，反而各自調開了辦公室。按說在這個公司工作好多年了，又把姐姐介紹來公司，肯定是因為對公司的前景的看好，怎麼突然說走就兩個人前腳後腳地都宣佈走了。

鐵打的公司流水的員工，朱莉早就見怪不怪。儘管心裏暗暗詫異。

帕特爾博士說要網上開個 Teams 會議，給艾莎開個告別會。

告別會上，替國家太空軍做專案的整個組的人都齊聚在 Teams 會議了。這個時候，為了顯示一些同事間的親切感和家常感，大家都在視頻上露了臉。平時，大家都是不開視頻的。

帕特爾博士主持了這次告別會，大家都說些祝福的話，開一些善意的玩笑。比如巴西裔的肖恩以前工作時常常給朱莉和艾莎難堪，特別是給艾莎難堪，艾莎剛到公司時，他喜歡給她穿小鞋，做下馬威。這時也說了一些好話，比如，說現在她在網路安全方面可以畢業了等等——肖恩一直是主管網路安全這一塊的。所以艾莎也說了一些給他的好話，感謝他曾經這麼嚴格地要求她，讓她學會了很多。雖然朱莉知道那也只是一些場面話，私下來，艾莎與朱莉不知多少次埋怨過肖恩。

肖恩在公司比帕特爾博士還久，年紀也比他大，職稱也比他高，而且也是一個博士，所以對帕特爾博士就比較隨意，直呼其名維克蘭特，而且往往只簡稱他維克。

帕特爾博士聽到艾莎誇肖恩明顯地不耐煩了，打斷了她的話。他的視頻身後光光的，看上去是一個挺簡樸的房子，跟專案組的其他成員們的房子比起來都要看上去簡樸遜色。這時候，已經在公司工作了很多年，期間曾調到別的分公司近期才調回來的也是印度裔的老員工拉傑夫可能也意識到了每人的視頻背景裏房子內景的這個差距，突然無意中說到了一個新資訊：“帕特爾博士新買了一個大豪宅，三千多平方英尺，很快要搬出去了。”

大家都還來不及祝賀，帕特爾博士突然語調不自然起來，趕緊加了一句："現在的房子也不小，二千多英尺呢。"

大家都沒在意這個資訊。包括朱莉。畢竟今天的告別會的主角是艾莎。

告別會草草結束了。

直到後來，朱莉想起來，這個資訊非同小可。

帕特爾博士四十歲出頭，印度讀的大學，印度工作了幾年，來到美國賓州州大讀的博士，家裏有孩子三個，尚小，妻子一直沒工作，直到疫情前才開始工作，朱莉知道這事是因為有一天，帕特爾博士把他的最小的孩子帶去公司，說是今天是他妻子這輩子的第一份工作的第一天，孩子沒人帶。朱莉估計也不會是什麼高薪的工作，畢竟是第一份工作嘛。

帕特爾博士的車子在他們專案組是非常有名的，因為非常舊，是整個公司最破的車。疫情前，也才剛換了一輛車，也還是兩手的。他說：他才不會為了車花幾萬美元呢，何況也沒錢。平時聊起來，他都是以窮人自居。以他工作不長的年份，新移民，一個人的年薪養家，家裏三個孩子尚小的狀況下，他怎麼可能有錢買豪宅？何況華盛頓地區這個時候的房價升得很快，普遍都很貴了，怎麼他突然毫無跡象地買了一個豪宅？

當然，這是後來朱莉才想到的。實際上，這個資訊雖然是存儲在了朱莉腦子的一角，但朱莉從來只是把它當作告別會閒聊時獲知的一個八卦資訊而已。只是因為當時敏感地察覺到帕特爾博士好像不想讓他們專案組除了拉傑夫以外的所有其他人知道這個資訊而詫異了一下。拉傑夫與他走得近，也是不久前他才把拉傑夫叫回到專案組的。朱莉還為此覺得奇怪呢，把拉傑夫叫回到專案組像是要大幹一場的樣子，但卻突然宣佈專案不做了。

朱莉生性敏感。因為這個詫異，她在心裏打了一個問號，為什麼？因為這個問號，把這個資訊存入了腦子的一角，後來回想起來，才知道這是一個解開很多疑惑的一個切入點。

沒想到，朱莉的生活從此發生了天翻地覆的改變。經歷了無論多麼離奇的想像力都無法想像到的一切。這一切一個普通人一輩子連看電影都不能看到的劇情，卻讓朱莉這麼一個普普通通的前端工程師活生生地碰到了。

或許，她只是經歷了一場夢。

三. 跟蹤她的人

正臨美國大選年，疫情中整日整夜躲在家裏的朱莉，終於在一個中午決定去社區走走，順便看看社區插的牌子中是支持民主黨候選人的多還是共和黨候選人的多。

以前，朱莉是很喜歡去社區散步或跑步的。

社區很美，沒有美國一般老小區路上到處都是煩人破壞美觀的電線杆，柏油馬路，兩邊都是十幾米幾十米高的大樹，那些大樹很多都會開花。春天的時候，各種色彩的花樹一樹一樹地開了一撥又一撥，讓行走其間的人總不由地產生一種幸福感。

但前一年，一起發生在伊利諾伊州一個中國女留學生因為去看一個出租的房子，路上上了一個陌生人的車而引起的駭人聽聞的一樁慘案，讓朱莉從此不敢一個人去散步了。儘管她所在的社區是安全的高檔中產社區。那件慘案朱莉連想都不敢想，新聞都不敢點進去看，實在是太慘太慘了，她甚至害怕參與任何關於此事的議論，甚至拒絕想起此事，那怕是在夢裏。這事成了惡夢中的惡夢，把她對美國已經留存的不多的好感都敗壞了。

再加上那時，她的一個出租房出了問題，租戶把她的房子燒了，卻把她告上法庭，而陪審團居然還判定是她的錯，要她償付租戶憑空捏造出來的損失。房子被燒時，朱莉第一件關心的事是租戶的人身安全，得到的回復是一切都好。本來，租戶只想取回存在車庫的東西逃之夭夭，他們沒有什麼損失，東西基本都搶救出來了，存放在與房子不是連在一起的車庫。那時，只想把存放在車

庫的東西能要回去。兩年後，可能見朱莉這邊沒有任何
動靜，看來是個好欺負的人，而在美國窮人可以申請到
免費的律師，不用白不用，於是找了個律師，倒打一
耙，反說是她的錯。

這兩件事，讓她在心裏萌生了離開美國的想法，美國再
也不是他們之前移民為之尋夢的國度。她想要的安全、
友好與公正都已在這個國度找尋無著，讓她從此一直在
心裏物色另一個可以安渡晚年的國家。那個國家也許是
一個東南亞的國家，比如泰國，馬來西亞，新加坡。也
可能就是中國。

朱莉來美國前，曾在網路公司做過編輯，做留學頻道，
還組織過大型的“我們的留學故事”徵文活動，道聽途
說或閱讀到很多留學生寫的關於留學美國的文章，除了
一開始生活上會艱苦一點，畢竟是在一個新的國度重新
開始，困難是難免的，但大多數寫的都是美國美好的一
面。不止讀到過一篇有留學生剛到美國，還沒有買車也
還不會開車，走路去買菜的路上，總會遇到熱心的好心
人停下車來問要不要上車送他/她一陣或乾脆就送他/她
過去。那個伊梨諾伊女留學生肯定也讀到過類似的文
章，以為碰到了好心人，沒想到卻是上了黑車，一個萬
劫不復的地獄。

美國早已經不再是以前的美國了。

記得朱莉與龐蕤剛到美國的時候，龐文彬公司的一個員
工讓龐文彬帶了一袋巧克力和一個小熊玩偶給朱莉和龐
蕤，還附了一張卡片，上面寫著：Welcome to America
（歡迎來美國）。朱莉那時候好感動啊，一個普普通通
的公司職員一個普普通通的美國人都這麼有素質有教
養，願意為幾個新來乍到的陌生人花這個錢費這個心，

只是為了歡迎他們來到這個他們為之自豪的新國度，而那些新移民很可能以後會成為他們的競爭對手，搶他們的飯碗。那時候，朱莉認為美國人真大度啊，素質真高，美國夢很值得追尋。

因為疫情，龐蘅也在家上課了。有親人作伴，心裏的安定感強了一些。某天悵然想起好久沒有出去散步了，所以就趁中午閒暇時分出去散了散步。

以前她散步會走小路，社區裏有一些只能行人而不能行車的小道，鳥語花香，是散步的好路。但現在為了安全著想，她當然就只走大路了。

走在大路上，看看兩邊房子前插的牌子，看上去像是選民主黨候選人的居多，不過也難說，民主黨人善於做表面文章，再加上共和黨候選人爭議很大，好些支持者都不敢公開支持，所以光從插的牌子多少還真說不上支持哪黨的多，而且依朱莉在這個社區生活十年的經驗，上次碰到的大選年，也是插的牌子民主黨候選人的居多，但最後勝出的是共和黨候選人。

所以朱莉也只是抱著一種好奇的心看著那些牌子。有的寫得有趣，朱莉也不由得會心一笑。

就這麼正常地走在大路邊上，突然對面開過來一輛車，卻是開在朱莉的這一邊，按說，對面的車，應該是靠右開，開在朱莉的對面那一邊。那車卻在朱莉邊上停了下來，並調轉了車頭。接著又在朱莉邊上停了下來。車窗裏顯示是一個壯實帶著粗魯模樣的非裔中年男人的臉。

伊利諾伊中國女留學生上了陌生人的車的慘案對朱莉造成的陰影太深刻了。朱莉本能地立即彈開，走到了路沿草地邊，敏捷地發現自己正在可以通向人行小道的路邊。馬上本能地走上了小道，又不能顯示自己的警覺心，因為畢竟很大的可能性只是自己受慘案影響過於敏感了，只按著比平時稍稍快的步伐頭也不回地散步回家了。

那一次的遭遇朱莉雖然無法作出解釋，但還是只是把它當作一件自己作為驚弓之鳥而作出的過度的反應。或許那人只是因為開錯了方向，剛好碰巧就在朱莉那兒調頭而已。也有可能他只是想停下車來找朱莉問路。

那次散步以後，朱莉有很長的一段時間未出去散步，整天呆在家中，買菜購物都是網購。但很快警覺性消散，她以為只是自己過度敏感罷了。

於是又一次拿著手機出於散步。這次照例還是走大路，走大路總是心比較安心一些。畢竟總會有來往的車輛和行人。原本的打算是繞著大路走一圈的，走到上次碰到那個車子的地方，朱莉稍稍猶豫了一下，要不要走小道？想了想，還是走了小道。小道出來後，還要走一段大道，這時，又會有兩個選擇，可以順著大道回家，或者走上另一條小道捷徑回家。

這個社區規劃的就是這樣，大道盤來盤去的，要走很遠，但如果走小道捷徑，可能很快就能到家。因為房子都是在一個個小道上盤著，從一個房子到另一個房子如果走大道的話可能要走上一陣，但如果抄小道，一下子就到了。

走出那個小道後，她正靠邊走在大道上，突然感覺後面有一輛車開過來，本來已經開在她的前面了，突然就在左邊靠了邊停了下來。人也下來了，是朝著朱莉走來的。這是一個不知是墨西哥裔還是白人的三十左右的小夥子，眼睛裏透著一股子陰狠。朱莉的惡夢又襲了上來。朱莉這時已經走過了另一個小道的入口，趕緊快步回頭走，走入了小道，並一路小跑起來，沒想到，那個人也跟了過來，但跟不了一會，就又往回走了。

走出小道，對面就是家門口，直到進了屋，朱莉的心還在呼呼地跳。

是偶然還是確實是針對她而來的？

那人如果是剛好住在社區那兒，那他的車停的方向不對，他的車應該停在右邊才對，因為後來，他是跟著朱莉走在右邊的草坪裏。即使是他正好住在那兒，如果是因為忘記了一件東西要去拿的話，那他怎麼又返了回去。無論怎麼解釋，如果他不是沖自己而來的，總是解釋不通。

但如果解釋成他是沖朱莉而來的，那一下解釋通了。那時剛好四下沒有其他人，如果朱莉依然朝著大道走的話，剛好就是落入了他的手。那個中國女留學生上了陌生人車的惡夢又浮了上來。但更合理方便的解釋是，那個車本來是想來撞她的。而且也把上次散步碰到的另一個車的奇怪行徑也可解釋了。另外那輛車本來也可能是要來撞她的，只是被她敏感地避免了。

撞了她會怎麼樣？那時四下無人，沒有一個人證明這是一件有意而撞的還是只是一個意外事故，很大的可能只會被認定是個意外事故而不了了之。

但朱莉普普通通的一個前端工程師，普普通通的一個中產，有什麼需要針對著她做這些陰謀呢？

而且她相來與人為善。從來都會給人留三分面子，不把別人逼到絕路，也不會讓別人下不來臺。即使那個出租房的官司這麼欺負她，她也只是產生了逃避的想法，三十六計，走為上，既然這個國家已經不再是讓她感到愉快的國家，不再是歡迎她的國度，不如就離開了這個國家另找新的家園。

她在中國高科技公司做部門總經理的時候，曾經遇到過網路泡沫破滅，公司大規模裁員，別的部門都是雞飛狗跳，很多員工走前都會寫一封 email 發送給全公司員工，在信裏把自己的部門經理大罵一通（那時中國找工作不需要推薦信推薦人，所以員工走都要走了，根本不怕得罪昔日上司，而且剛好借機洩憤。搞得那些經理人狼狽不堪。有些員工甚至添油加醋透露了以前其他部門員工根本不知道的經理人的秘密和不堪的往事，讓留下來的員工們私底下偷笑不已。）只有她的部門，大家都是友好的分手，因為朱莉在裁員前，已經把能為部門員工所做的工作都做了，甚至好幾個被裁的人都允許他們在找到了下家後才真正離職。只有一個前員工，後來在他們公司做的新一期大學排行榜下麵，指名道姓地罵她：說朱莉做的大學排行榜是做得越來越差了。其實那一年的大學排行榜不是由她負責的，她就是那年離開中國來美國與龐文彬團聚的。而那個員工，也只是因為當年朱莉給了他一個口頭警告，自己辭職走的，估計雖然是自己辭職，還是心有不甘吧。朱莉也沒生氣，指名道姓地罵她，畢竟也說明自己在業界還是有一定的名氣的。沒有一定的名氣，也就沒有必要指名道姓罵她了。

她出生平凡，父母都是最普通不過的農民，也沒很多文化，雖然也算是江南地區富裕的農民，但一沒權二沒勢，朱莉從小到大，所見都是父母給有權有勢的人家去送禮，以圖些在工作上生活上的發展和方便。以至於朱莉平生最討厭的事情就是給人家送禮。

各種沙盤推斷，又都一一否決。在美國，朱莉只是一個普通的第一代移民。如果在中國的話，也許還能算得上一個精英，未到三十歲就已經是一個高科技公司最大部門的部門總經理，有一個專門的助理，這應該算得上是一件成功的事吧。手上有一點點的權力，再怎麼謹慎行事，總還會有得罪人的地方，比如，再怎麼謹慎，不是也有那個前員工在網路上借她大學排行榜越做越差的名頭指名道姓地罵她嗎？

但在美國，做著一份養家糊口的工作，每天上班下班，上班看經理臉色，下班看孩子臉色，忙著生活上種種瑣碎，過著一個典型的中產生活，實在是普通得不能再普通。就是真想得罪人都沒機會可得罪呢。即使得罪人，大不過是說話不夠婉轉罷了。夾著尾巴做人，某天尾巴夾得不夠緊，得罪了人，是存在這個可能性。但怎麼就到了要借機除了她而後快的地步？

憑是她這麼聰明的人，都想不出一個有人要害她的理由。

朱莉這個擅長推理邏輯的理科生，被驚嚇了，也被困惑了。難道又只是自己過於敏感了？

四．準備安裝無線視頻監控器

朱莉沒法從自己身上找到可能受人關注加害的點，就把範圍擴大。她懷疑這二起跟蹤事件不是針對她，而是針對整個華人。

這麼一來，就比較好解釋了。

首先，這解釋了：為什麼是在路上偶遇到此事？因為如果是針對她的話，那一定是有計畫了，首先得確定是她這個人。通過什麼確定是她這個人呢？她能想到的就兩個可能：一個是通過容貌。另一個是通過對她的手機定位。

她那時用的華為手機，是龐文彬有一次從中國回美國時，送給她的。她其實一直都用 iPhone 的，但 iPhone 的電池壞了一個又一個，她也因此換了一個又一個的 iPhone 手機，都是老版本，有的是龐文彬和龐蕤淘汰下來的，有的是她上網買的二手的。

那次 iPhone 手機電池壞的時候，因為她還需要手機作公司電腦的登陸用途，所以臨時應急，剛好手頭上有龐文彬送的華為手機，所以就用了華為手機。龐文彬原來在中國工作時，就是在華為公司工作的，研究生畢業前就已經與華為公司簽定了三年的工作合約，華為公司招他還得交給國家一定數額的教育培養費的，因為那時候的研究生都是免費上學的，是國家出錢付的學費和住宿費甚至生活補助費，所以大公司招人，都得交還給國家一定的教育培養費。小公司可能就沒那麼正規了。他是履行完了整整三年的合約才出國工作的。所以對華為的產品還是挺有感情。送了她一個多出來的華為手機，也是有對華為的感情在裏面。這個手機在朱莉工作的公司 AltitudeX 公司的 IT 部門登記了的。包括華為手機的 Id，Mac 號碼等等，公司都有記錄，朱莉甚至認為 IT 部門還記錄了不應該記錄的資訊，因為朱莉那時對手機啥都不懂，完全是把手機相關資訊都展示給了 IT 部門相關負責的人看的，他們需要什麼資訊，隨便記錄。當然以前的 iPhone 手機也是登記記錄了的。

剛進公司的時候，公司還不用在手機上安裝 App 作安全登陸用，但隨著公司越來越大，安全方面的要求也就越來越多了，就還要求手機作驗證。

朱莉心裏想：其實作為一個公司的員工，在公司裏是一點隱私都沒有的。公司不光知道你的社會安全帳號，甚至連你的手機具體資訊都全部掌握的。

本只是想臨時應急，朱莉喜歡 iPhone 的設計，特別是白色的那款，她從來不買別的顏色的 iPhone，為了能保有原來的設計，她甚至拒絕用手機殼保護手機。直到一個 iPhone 因為摔了而把螢幕摔碎了。但 iPhone 也有個朱莉認為很不好的地方，就是自拍照片總會把人拍得很醜很暗，看上去臉色很不好，而華為在這點就強多了，所以每次拍自拍時，又希望自己手上的手機不是 iPhone。特別現在社交網路發達，朱莉的朋友們經常會發自拍照上朋友圈，所以拍照功能已經成為一個手機很重要的功能了。再加上因為疫情，突然公司就都在家上班了，也不方便再去買個 iPhone 手機再聯繫 IT 部門的人提供新手機的資訊，替換了華為手機。所以本只想臨時應急的，結果華為手機成了她最重要的一個手機了。不光工作上要用到相關的 App 驗證密碼，朱莉的買菜 App，銀行 App，社交 App，亞馬遜 App，等等都裝在了華為手機。

對於手機介紹這麼多，是因為朱莉後來懷疑是因為她所用的手機而有人要對她除之而後快。

當然，那時，她還只是懷疑到是針對華人的群體：

如果是針對她個人，那麼，應該是她一在社區散步，就有人跟蹤了。但那兩個人分明是碰到她以後，才採取行動的。

所以，她覺得如果把針對的對像擴大到整個華人群體，甚至亞裔群體，就好解釋得多了。

首先，那時美國大城市已經發生很多次針對華人及亞裔群體的種族仇恨犯罪。另外，她所住的社區華人多。如果有人專門針對華人的話，那在她所住的社區轉悠，就很大概率能碰到華人。再次，這解釋了那兩個人為什麼見到她後才採用行動。因為見到她，就能夠立即知道她是華人，至少知道她是亞裔。

這個推測讓她不敢再出去散步了。天生帶著一張亞裔臉，這是沒法避免的。所能做的就是提高自己的警惕性。

在出現兩次疑似跟蹤事件前，朱莉就已經在家裏安裝了一個 WI-FI 監控器，那是一個才二十多美元買的很輕便的監控器。最初朱莉沒有安裝監控器，而是在門口貼了“二十四小時視頻監控中”的貼紙，只作恐嚇作用而已。那個監控器買了有一陣子了，一直沒安裝。直到有一天晚上半夜。

那時，已經有一陣子了，她看到自家路對面的那家菲律賓裔的鄰居好像好久沒住人了。而有一天晚上，她無意中看到，一個鬼鬼祟祟的人騎著自行車，到了對面那家人門口處，把車靠在她門口的大樹上，不知道在幹什麼，突然，對面那家的自動燈大亮，那個人立即騎上自行車飛一般地跑了。

那件事後，朱莉就把那個很便宜買來的監控器裝上了。一來，買來的東西終於用上了。二來，門口貼的"二十四小時視頻監控中"不再只是恐嚇，而是確實有二十四小時視頻監控了。再者，來她家的人能看到那兒確實有一個攝像頭，至少可以起到一定的安全防範作用。

安裝完不久，就發生了這麼二次疑似跟蹤事件。朱莉正心裏想著是不是再買個監控器，因為那個監控器的鏡頭範圍不夠寬，只能夠錄到前院左邊的那部份，右邊的那部份則是錄不到。

然後，又發生了一件奇怪的事。

那天，她聽到有人按門鈴，通過視頻回放看了看，是一個面孔陰鬱的年輕人，他開著一輛白車，開過來，徑直停在她家門口馬路靠近朱莉家車道那邊，然後手裏拿著一個手機，走到監控器的時候，用眼睛直接看了看攝像頭，又注視著一下手中的手機，直接來敲她家的門。手上沒有任何廣告單。車子也是普通的車，沒有印有公司的名字。朱莉不知道他既不是來送貨的，也不是來發廣告單的，他到底是來幹什麼的？所以她沒有開門。只見視頻中的那個人，回到白車後，很快就開走了。這說明，他來的目的，只有一個：那就是只是來找她家的。而不是像推銷員會挨家挨戶地敲門。

朱莉把這段錄影專門存了下來，保存在手機裏。

如是只是發生了這麼一次，那也罷了。過了大概一星期，又是那輛白車，又是那個人，又是手裏拿著個手機，又是從錄影回放中能發現他又是徑直就停在她家門口馬路靠車道處，直接來敲門。見沒人應門，又是直接回到白車後開走了。

這是怎麼回事？那人分明是沖著她家來的。他既不是推銷員也不是發傳單的。沒見他在任何其它鄰居家停留。徑直來找她家，沒開門就徑直離開。

而且這是第二次了，而且是同一個人。

這一系列發生的事，讓朱莉不再掉以輕心。

是針對華人，還是就只針對她家？她也一時不能再分辨清楚。只知道，最近發生的事情不尋常。事出反常必有妖。到底發生了什麼事？她對監控的視頻查得更勤快了。特別是每天早上醒來，總會把當天晚上發生的事大致看一下。

白天家裏有人，她的寫字桌又直接對著窗，即使在大餐桌上工作，也是面向著窗的，所以沒看錄影也沒問題。但 她總不可能晚上整夜熬夜觀察動靜吧。

不知是因為她最近頻頻查看視頻錄影的緣故還是怎麼回事，那個很便宜買來的監控器的軟體突然也有怪事了。

一天，她照常點開監控軟體，想查看一下前晚監控錄影裏有沒有錄到奇怪的事。結果那個監控軟體打不開，不光打不開，監控軟體不斷在跳出警告：我們這個監控設備只能當玩具用，不能用作監控證據，如果您發生了什麼危險，甚至涉及到生命危險，我們一概不負責任，您必須點擊同意書才能使用我們這個監控軟體。

朱莉一陣毛骨悚然。

就好像在警告朱莉她最近將會有什麼危險，甚至是涉及到生命的危險，而他們監控軟體是一概不負責的，他們的監控設備只可以作玩具用。

"TMD 什麼玩意兒。"朱莉心裏罵了一句。這個監控設備確實挺便宜買來的，但朱莉畢竟也是花了這個錢的，沒有誰想買來一個監控設備來當玩具玩的。

經過這一系列的驚嚇，朱莉發覺有買一個專業的監控設備的必要了。

那個便宜的監控設備的軟體如果不點同意書看來是用不了了。但朱莉肯定不會點同意書，只要沒點同意書，那真的如有什麼事情發生，那監控設備的公司應該也是要負責任的吧。

而且那個監控設備只能監控到房子前院的左邊，右邊部分監控不到。無論如何，她都需要添加一個新設備。肯定不會再添加一個買來只能讓當玩具的監控設備了。而且朱莉再次查看那種監控設備的購買鏈接，發現點贊最高的評論說，這個監控設備因為用到 Wi-Fi，而且要求輸入 Wi-Fi 密碼，很容易被人盜用了家裏原 Wi-Fi 網路，甚至被盜用身份帳號。

朱莉聯想到那個開白車的人兩次專門來敲朱莉家的門，眼睛卻一直盯著手機，還時不時盯一下攝像頭，搞不好就是來偷 Wi-Fi 密碼的。雖然朱莉不知道如何實現這一點，但她心裏總擺脫不掉那人是帶著陰謀來專門找到她家的想法。

朱莉想好了，新的監控設備必須不是用 Wi-Fi 的。因為用 Wi-Fi 的監控設備還有一個缺點就是一旦設備沒連接 Wi-Fi，或者一旦家裏 Wi-Fi 出了問題，那監控設備也等於起不到監控的作用了。

買個無線的吧，朱莉自認為是個好主意。任何時候都可以用。也不用擔心被人盜用 Wi-Fi 密碼。

朱莉沒想到她從此與怪事結緣了。一個怪事接著另一個堅事。一個無法解釋的事接著另一個無法解釋的事。

連亞馬遜帳號都出怪事了。

用在華為手機裏安裝的亞馬遜的 App 進去搜索頁面。頁面會閃啊閃啊一個勁地閃。如果它總是閃倒也罷了。有時卻又是正常的，但每當朱莉要搜索監控器或電腦時，它的螢幕就一個勁地閃。而且裏面產品的評分也都很怪，比如某一個銷售監控器的公司，一看總體評分，挺好的，好評率 100%，但點進去看詳細的評分，明明最近很多只打分一分。無論如何都不可能是 100%的好評率。就好像那些字數都是臨時被改變的，就為了讓朱莉能買它。

而且這些怪現像也不是出現在每件產品中，只有當搜索那些電子產品的時候，才會出現那些怪現像。

非常令人困惑，也非常令人不安。

就好像有人在監控她的一舉一動，一行一言，有人侵入了她的手機，有人侵入了她的手機中的 App，而且有人可以隨心所欲地改變呈現在她眼前的一切。

更令人迷惑的是，當她用手機裏的 Google 的 Chrome 流覽器搜索自己當地的天氣預報 Chrome 搜索的結果也令人不安：她所在的城市叫 North Potomac，但 Chrome 搜索的結果總是顯示 NO POTOMAC。太怪了。沒有一個城市叫 No Potomac 的。換成別的流覽器搜索，比如用 Microsoft 的 IE 流覽器或 Edge 流覽器搜索，都是正常的顯示 North Potomac。令她對於 Google 的 Chrome 流覽器也失去了信任。

不管那麼多了，朱莉還是經過深思熟慮決定買一個貴些的專業一些的無線視頻監控器。共化了朱莉四百多美元，是朱莉心裏能買得下手的最高價位了。

買來後，倒是沒有立即安裝，因為朱莉手頭上沒有牆壁上可打洞的工具，其實龐文彬是留下了很多工具應該能找到打洞的工具的。但朱莉從來沒用過那些工具，也不知道該怎麼用，所以買回來後，那個高級的無線視頻監控器又躺在抽屜裏了。

直到後來，公司上發生的一些事，讓朱莉最終決定用它。沒想到，那個監控器不光沒給她帶來安全，反而帶來了更多的危險。

五．奇怪而無趣的新職位

朱莉本來以為她會很長時間地在國家太空軍的 App 專案工作，App 雖然已經完成，但是後續的更新版本，Bug 修改，原功能的維護都需要一定的時間，而她作為專案從無到有的建設者，唯一的前端工程師，對專案最熟悉的人，肯定會一直做這個專案的。連 AltitudeX（高度科技）公司的 CEO 以前也都是這麼認為的，還在疫情前專程去過朱莉所在的辦公室並開玩笑地說："祝賀你們獲得了一個長久工作的保障和安全。"

沒想到，一瞬間，專案就不做了。專案組的人也都走的走，做別的專案的做別的專案。朱莉也被指派到一個別的專案。要用一些新的開發工具和語言。

朱莉在 Indeed 網站查了查那個要新學的語言熱不熱門，發現整個大華盛頓地區，只查出來幾十個職位，說明這個語言已經過時，學會這個語言對朱莉以後找工作一點好處都沒有。

朱莉原來是用 Angular 架構，Angular 熱門，而且因為 learning curve（學習波）大，會用的人卻並不多，所以會用 Angular 的人最起步的年薪至少也有八萬美元。保證了朱莉可以在市場上拿到一個很穩定的高薪職位。雖然比不上大廠，但總能比一般的職位工資高些。像朱莉現在就已經能掙到六位數的年薪了。

而且新專案組的人員水準性情也是參次不齊，特別是專案組的頭，詹姆士，看上去是一個專橫而不友好的人。

新專案組的人都是以前不認識的，公司現在又都在家工作，所以現在所謂的認識也只有通過網路會議上顯示的各自頭像了。

朱莉很快判斷出在新專案上做，對她未來的發展不光沒有好處，而且只有壞處，用過時的語言只會讓她對 Angular 越來越不熟悉，而過時的語言並沒有多少新職位可供她選擇，反限制了她的發展。

雖然朱莉早就把工作當作一件掙錢養家糊口的手段，而不是事業。但如果新工作會影響她以後掙錢養家糊口的能力，那她也是無法忍耐的。

朱莉想起她原來太空軍專案組的一個臺灣來的六十歲姓陳的同事的話，他勸她乘年輕，還是要去大公司工作。

姓陳的同事，英文名彼特，原來當過大學教授，教電腦，但後來由於發現工業界掙錢更快，而回到了工業界，曾在 Aol.com 工作過，後來 Aol.com 大規模裁員，他也是其中之一，被裁員後，就來到 AltitudeX 公司工作一直工作到如今。他教過書，育過人，又做過普通員工，對職場是有一定的見識的，現在又到了六十歲的年頭，所以作為過來人，他的經驗對朱莉來說非常有益。

他說："現在亞馬遜在我們華府地區開了一個新分部，接下來幾年一定會在大華府地區大肆招人，這是一個好機會。你要去試試啊。"

那時，亞馬遜在大華盛頓地區開了新的總部，在維州那邊，倒是離馬里蘭朱莉生活的地方遠，如果不堵車的話，大概得要三十五分鐘的開車距離。但一旦堵車，可能一個小時都到不了。朱莉以前也曾在維州工作過，早受夠了來回上班路上的堵車。

但他勸她還是要去亞馬遜工作，他說："你現在還有闖勁，還年輕，要一直往上走，往前沖，不要停下來，否則太晚了，會後悔的。像我現在就太晚了。"

又說："以後有機會還要自己開公司，你看，我們這家公司的老闆就是個女的，這個公司幾十年下來，她是發了財。現在她的女兒女婿都在公司工作當 VP，其實什麼都不管的，照常領高薪，如果你創業成功了，你女兒的工作也不用愁了。"

陳彼特為人謹慎，少言寡言，背後從不說人長短，與公司打掃衛生的關係都很好，動不動跟那個墨西哥裔的清潔工學幾句西班牙語。是個有名的老好人。見識不算廣，但也是有些的，而且一旦認為自己的經驗對於後輩如朱莉是重要的，卻是從不吝賜教。

朱莉在那個公司工作的最大的收穫就是遇見像他那樣的同事，會把自己人生的經驗教訓無私地傳遞給她，讓她走上更好的路。朱莉雖然心想："那你六十歲也不算很老啊，也可以奮鬥啊，現在奮鬥怎麼會已經來不及了呢。"但對於陳彼特以其六十歲的閱歷傳授給朱莉的經驗卻是誠心受教的。並且為她有這麼一個好同事感到感動。

樹挪死，人挪活。朱莉決定重新找新工作。而且這次的目標是像亞馬遜一樣的大公司，"大廠"。

六．突然變得很熱門

朱莉有點自信心爆棚了。

因為她發現各個"大廠"都想要面試她。這讓她這樣一個半路出家的前端工程師有了一種受寵若驚的感覺。

難道自己的能力確實到了受各個大公司青睞的時候？

都說騎馬找驢容易，但如果丟了工作或者先辭職再找新的工作就會變得非常難。也許她目前的"騎馬找驢"就是她受到各大公司青睞的一個重要的原因。因為她手頭上還有工作，她只是想跳槽。

想到這一點，朱莉明白那個奇怪但無趣的工作這個時候還必須得維持下去，至少得維持到她找到下一個工作。

朱莉心裏早有目標，她希望能進微軟公司。因為她聽說，微軟公司工作最輕鬆，是最適合"養老"的"大廠"。而且在朱莉看來，微軟公司現在有網路及桌面軟體兩邊統吃的趨勢，一旦進入人工智慧時期，網路公司可能會些微下去，而像微軟公司兩邊統吃的公司卻會有很好的前景。

微軟公司的工作多不是遠程工作，遠在西雅圖，而華盛頓地區的工作一般都是些做政府關係的工作，沒有適合她的。

朱莉還沒有想過搬到別的地方，畢竟如果要搬到別的地方，還要重新租房什麼的，這些額外的開銷一增加，那工資就要打折扣了。再說，她在華盛頓地區已經有現成的自住房，還要照顧幾個出租房。

所以她想找找微軟公司的遠程工作機會。搜出的可以遠程工作機會非常少，唯一與她的工作對口的是一個網站開發的工作，用的語言也是已經不熱門的語言，Asp.net。但畢竟是大公司，進去了，自然有機會學到別的。再說，即使沒有機會學到別的，那做著一份輕鬆的網站開發的高薪工作，"養養老"，自己私下裏學習一些新的技能，做些自己獨立開公司的準備工作，不也是一件美事嗎？

所以朱莉還是對那個工作挺感興趣的。於是投了簡歷。沒想到微軟公司很快就有反應了，而且一聽朱莉還投了Google、亞馬遜、Facebook 的工作後更是加快了面試的進程。

很快就約定什麼時間通過什麼網路鏈接進行線上面試。

疫情期間，一切都從網上進行了。鏈接自然也是發到朱莉的 Google 電子郵箱的。

疫情期間找工作，說方便也方便，說不方便也不方便。

因為既然在家工作，請假就顯得有點不尋常。又才剛開始騎馬找驢，不能讓騎著的馬知道自己已經開始找驢要替代它。而且如果現在就開始請假，到時不知還要請假多少次。

所以朱莉沒有請假，而是選擇了一個中午的時間進行視頻面試。那個時間照常規是她正在吃午飯和午休的時間，AltitudeX（高度科技）公司的同事們不太會懷疑她其實省下吃午飯的時間在做面試。

朱莉後來後悔，第一個投簡歷的公司不應該選擇自己最想去的公司。而是應該盡力把這個最想去的公司的面試往後推，等面試了幾個自己沒那麼想去的大公司再來面試自己最想去的公司是最好的。

因為朱莉已經在這個 AltitudeX 公司工作了快三年，面試的技能面試的流程都已經不熟悉了，相應的知識點都還沒准備得很充分。

哪怕是最有經驗的軟體工程師面試前也要更新一下儲備的知識的，何況朱莉這種半路出家，又是從前端入手的軟體工程師。

從不那麼熱衷的公司入手面試，可以更新自己的面試狀態，在失敗中總結經驗，到自己最想去的公司的面試時，就能作好充分的準備。

但朱莉又想到，其實自己的每一次面試新公司，都是準備得不充分的，每次都是公司看好了她的潛力，以及她的臨場發揮或“狗屎運”帶來的新工作，或者在面對面的面試過程中，讓面試人覺得她不會侵犯到面試人的地位，人看上去又聰明又願意學習和合作，喜歡上她這個人才給的 offer。所以朱莉從來沒試過手頭上有幾個差不多的 Offer 等著她挑的高光時刻，每次都是有且只有一個心裏還算比較滿意的 Offer。拿到就從了，也從來不跟公司再談一輪漲工資的事。

微軟公司的面試本來進行得很好。與前面幾個面試人都聊得很愉快，看樣子，他們都挺喜歡她的。朱莉心裏有一種對這個工作漸漸有了把握的感覺。欣喜一陣陣襲過她的心頭。去大公司"養老"的願望，看來要實現了。

特別是其中一個面試人，疫情期間，因為微軟也可遠程工作了，他在海邊租了一個房子，陽臺的外面就是一望無際的大海，他還通過視頻讓朱莉看了看美妙的海景，開闊的海岸線，聽到有小鳥的叫聲和海風的聲音，還跟朱莉說，微軟公司的福利非常好，醫療保險都是最好的醫療保險，有了它，全家看病不用自己再掏一分錢。

這對於朱莉這個有些小病小痛，基本每年都要拜訪一次急診室，每次都要為醫療保險額焦頭爛額的人來說，是個莫大的安慰。

而且聽他說，微軟公司工作和生活的平衡很好。看來，微軟公司確實是名符其實外界傳言的"養老"公司。有工作的保障，有最好的福利，最好的醫療保險，工作輕鬆，工資高，這樣的工作難道不是朱莉最想要的工作嗎？

但到了第三個面試人，朱莉的電腦開始出了狀況。

最開始還不錯。第三個面試人雖然面相不善，神態冷漠，但聊起來後，也開始變得有點友善，以前是在亞馬遜工作的，當朱莉問他更喜歡在亞馬遜工作還是在微軟工作時，他雖然沒有直接說亞馬遜公司的壞話，但對微軟去是褒贊有加，對亞馬遜公司則說了希望亞馬遜公司能尊重工程師之類的話。好像他在亞馬遜是受了一點氣的。這也與朱莉道聽途說的亞馬遜公司對員工苛刻、不太尊重員工的資訊相符，更堅定了朱莉要進微軟公司工作的信念。

第三個面試人是面試相關的技術知識，還好，都是一些網站開發前端的基本知識，比如現場寫出一個可提交表單，現場寫出一個頁面的前端代碼。算是朱莉最熟悉的領域。但是，朱莉的電腦突然變得很慢，慢得連打一個字母都要等上半天，而且根本沒法運行代碼，更別說線上 debug 了。

第三個面試人不耐煩了。說："我面試別人從來都沒遇到過這種情況。"

他這麼一說，把朱莉搞得更緊張了。

朱莉趕緊調出筆記本電腦的任務管理器，看到所有的記憶體都占滿了。看到進程裏有很多個 Teams 開著。其中一個 Teams 有名字，是她上司帕特爾士博士的名字。

朱莉這個半路出家的前端工程師，根本是不懂電腦的，這時候就不知道如何才好。

但憑著她的聰明，卻隱約猜測出，她這場網上 Teams 面試，好像是有很多的人在她的筆記本電腦上旁觀著。那些人可能都是通過 Teams 在觀看她的這場面試，那些人把她電腦的所有記憶體都占滿了。

是誰知道她的這個面試的？Teams 的面試鏈接是通過 Google 電子郵箱發送給她的，原則上只要知道那個鏈接的人都可以進入這個面試。

看來，朱莉 Google 的電子郵箱是已經被人侵入了。是誰侵入了她的電子郵箱？為什麼有人會關心她一個普通的前端工程師的電子郵箱？

而且不至一個人。

但朱莉唯一能確認的人，是她的上司。因為有著她上司帕特爾博士的名字 Teams 就明明白白在顯示在她的筆記本電腦的任務管理器上。

因為這個技術的故障，微軟公司的面試失敗了。

朱莉憤懣不已。

本來，她是非常有希望進入微軟這個著名的公司"養老"的。

沒想到她的上司帕特爾博士是一個卑鄙小人。他監視她的工作，還是有一點點可以理解，很多公司其實都在私下監視員工工作的，但她現在已經被他換到新的無聊的專案組，現在她的直接上司也不再是他了，他為什麼還要監視她的工作？而且正是因為她現在做一個無聊且技術過時的專案，她才想到找新工作的。

他是怎麼得知她面試的鏈接的？

憑著朱莉對電腦膚淺的知識，她也不知道在任務管理器裏看到他的 Teams 名字，是否一定說明他在監視她的面試？很可能他沒有進入她的面試鏈接，但他在監控她是基本可以確定了。如果他在監控她，他能進入到她的筆記本電腦，那他應該知道她公司郵箱的密碼，而朱莉那時到處都得用那組密碼，因為她為了防止自己忘記密碼，她是任何地方都只用那一組密碼。如果他知道她公司郵箱的密碼，就可以憑那個密碼進入她私人 Google 郵箱。那個私人郵箱也就是最初與帕特爾博士聯繫 AltitudeX 公司工作時用到的郵箱。

不過，這個懷疑有太多的推測成份在裏面了。

另一個她能想到的能進入她的私人郵箱的只有她的丈夫了：龐文彬。

龐文彬當年想回國發展，說走就走，根本不顧及朱莉在美國一個人如何生活如何面對家裏一大攤子事的問題。沒想到，他走時不顧及朱莉也算了，還好意思監視她呢，看來他不光監視她在網上都在與誰聊天，還監視她會不會出軌，會不會給他戴綠帽吧？

他有什麼權利這麼做？？？

說不定他不光監視她上網，他還在家裏隱蔽地方藏有視頻監控器監控她平時的行動呢，看她有沒有帶陌生人回家什麼的。

想到這兒，朱莉怒火中燒。決定立即找他對質。

一定是他，是他造成她的筆記本電腦技術故障，使得朱莉的面試失敗，使得她沒能去成自己最想去的高薪又"養老"的公司。

如果他知道朱莉的私人電子郵箱密碼，朱莉是不會驚訝的，畢竟，她只用那一組密碼，那一組密碼也同樣用在她的銀行帳號，裏面包含有一組朱莉和龐文彬當年約定的數字。所以他如果知道朱莉的電子郵件密碼真是太正常了。

七．龐文彬說他沒有監控她

龐文彬一口否認他在監控她。並冷漠地說："你腦子是不是出問題了，整天疑神疑鬼的。是不是得了更年期綜合症？"

對於他的否認，朱莉當然是不信的。

這麼多年與他生活的經驗告訴她，他越是否認得徹底，特別是越是為了證明他清白，反過來猛烈地攻擊她，越是說明他有問題。監控的行為他當然不會承認。但居然攻擊她腦子出了問題，這太過份了。

更何況他作為電子工程師，對於那些電子設備可是熟悉得很。

何況他曾經跟他說過，他私下裏在視頻錄製中國區原來經理的言行。他說中國區的公司勾心鬥角，那些經理欺負他是新來的，處處給他設陷井，他自然也得防著些他們一些。既然他能對中國區的經理做監控的事，自然也能對她做監控的事。她那時候聽他說起來的時候，心裏就曾滑過這個念頭，不過那個念頭只是在心裏存了一下，就沖走了。因為她那時真覺得他還沒到會做出監控她的程度。看來還是把他想得太善良了。

朱莉向來不是好脾氣的人，再加上他當年說走就走回了中國在她心裏積累下來的失望和冤恨也是於日俱增，當即在電話裏大發脾氣。

朱莉一發脾氣，氣不打出一處來，在電話裏一頓咆哮，一併把他當年說得好好的，等孩子大了，一起到處去旅遊，結果孩子一上大學，自己就跑到中國的行為也指責了一番，這一頓咆哮，氣沒出，反而把自己給氣得直發抖。

從龐文彬口中沒有確認他在監控她。但這絲毫沒有減輕她的疑心。放下電話後，她把自己房間的角角落落都搜查了一番，把所有連接的可疑的電線都撥了。只有一個床頭固定的插座，因為是固定在牆上的，朱莉試了幾次沒法撥掉。

那個固定的插座平時裏一直閃著光，有能用來充手機的充座，也有一些插口。

朱莉設法回憶最初是什麼時候這個固定的插座出現在床頭的。肯定不是他們剛搬進來的時候就有的。記憶中好像某一年，龐文彬在黑色星期五買來的安裝上去的，但因為當時根本沒有重視這件事，所以記憶也變得不那麼可靠了，什麼時候裝上去的自然也無論如何都無法確定。

朱莉走下樓去。看到廚房靠近微波爐的那兒放著一個室內視頻監控器。那是多年前家裏進了小偷後安裝的。

多年前的那次小偷事件現在想來，也彼有諸多可疑之處，因為小偷雖然把家裏三層翻了個底朝天，但是什麼都沒偷走，唯一懷疑的是一瓶或兩瓶香水消失了，而且也僅僅只是懷疑而已，說不定是自己用完的那一瓶或兩瓶香水。除了那不可確定的一兩瓶不貴且不是什麼名牌的香水，家裏似乎什麼都沒有丟失。但放各種檔的櫃子都被翻得厲害，小偷分明根本不想跑個空趟，但卻什麼都沒帶走。而那一二瓶香水也只是一個禮物包中的其中一二瓶而已，一個禮物包一共六瓶香水，只剩下四瓶。其中一瓶印象中好像龐文彬打開用過。但印象也不是很確切。但即使打開過，好像只打開了一瓶，如果只打開了一瓶的話，那麼其實只被偷了一瓶香水，如果印象是錯誤的其實一瓶都未打開，那麼是二瓶香水不見了。但如果其實是自己打開了二瓶，那麼其實連一瓶香水都沒丟失。如果連一瓶香水都沒丟失的話，那就是說小偷是跑了一次空趟。另外還有懷疑的是一個母親以前送的手鐲朱莉一直沒戴收了起來，但卻也找不到了。但那個手鐲朱莉曾經有次想戴後，也找了很久沒找到。說不定只是朱莉自己藏丟了。

而且朱莉所住的社區 Sunset Valley（日落山谷）是個好學區，很安全。朱莉他們完全沒想到在這麼好這麼安全的社區裏也會進賊。

怎麼進來的呢？好像是地下室忘關門了。想起來，右手邊鄰居那些天都在做一些院子清理活，有一些外來的人員在院子裏幹活，說不定是他們其中的一個看到他們地下室門沒鎖就臨時起意進來偷點東西。

再想起來，被偷的前幾天有聽到自己房子靠近右手邊鄰居的那面牆那幾天一直有嘩嘩啦啦的響聲，好像有人撥弄牆邊花草樹木發出的聲音。有一次，聲音太響了些，龐蕤都聽到了。說："什麼聲音？"但朱莉當時也沒上心，大概還是鳥們動物們弄出來的聲音吧。

朱莉報了警。員警來後，一番調查取證，建議他們在室外安裝路燈，室內安裝監控錄影。那個視頻監控器就是那時候買的。一併買的還有一個後來安裝於朝向後院門邊的報警器，但那個報警器老時發出錯誤的警報，不勝其煩，所以不久就把它停了。

所有這些監控或報警設備都是龐文彬在搞。實際上，家裏所有的電器設備都是他在負責，雖然朱莉自己原來也是學物理的，但一方面朱莉對那些電器類都是不感興趣，另一方面，龐文彬本科也是學的物理，研究生又學的電子工程，自然對那些電器類更加在行，何況龐文彬動手能力強，所以自從朱莉嫁給龐文彬後，所有有關電的，有關硬體的活都是龐文彬在做。不光如此，家裏的財務也都是龐文彬在打理。朱莉一點都不感興趣付信用卡帳單銀行報稅等等這些事務，所以樂得輕鬆。

那次家裏進賊事件後，朱莉曾接到一個自稱為員警的短信，說他們在鄰社區抓到了一個賊，併發了一些珠寶的照片給朱莉看，問這裏有沒有朱莉家丟失的珠寶，因為朱莉上次失竊事件中報告說有可能有一個鐲子失竊。朱莉為人誠實，看了看那裏面的珠寶照片，沒有母親送她的那個鐲子，就老實說沒有他們丟失的珠寶。

現在朱莉看到那個視頻監控，想著龐文彬都是可以憑著這個視頻監控器瞭解家裏的情況的，因為這個視頻監控App 是安裝在他的手機上的，而朱莉卻是沒有可能看到這些視頻的。有了這個視頻監控器，龐文彬是可以大致瞭解朱莉在家的情況的，所以也許確實沒有必要再在房間裝一個監控器了。也許朱莉確實是太多疑了而錯怪了龐文彬。

朱莉想了想，還是把那個視頻監控的攝像頭轉了一個方向。這樣她在廚房做菜做事，就不必出現在龐文彬的視頻監控鏡頭裏了。

朱莉很失望，進微軟大公司掙高薪又養老的美夢被面試途中莫名其妙出現的電腦故障問題搞黃了。

只得寄希望於其他的大公司的面試了。其他大公司的面試都不如微軟友好，微軟的一個視頻面試就包括了整個面試的行程。而其他大公司都是先電話面試再正式面試，雖然都遠程了，電話面試和正式面試都是視頻上進行的，但他們還是要分來了，電話面試就是遠程視頻面試，但面試人的臉部可以不出現在視頻裏，正式面試也是遠程視頻面試，但面試人的臉部必須出現。更有的大公司在那兩種面試前，還有一個網上編程考試。

朱莉看到這些繁雜的面試過程就頭痛，又一次怨恨那些不知是誰在她微軟公司面試的過程中把她的電腦搞出故障攪黃了她的面試的人。心裏想來想去最可疑的還是龐文彬和她的上司帕特爾博士。帕特爾博士都已經把她支去做一個不重要而且技術落後的專案了，而且專案的領導人也不再是他，他怎麼還要這麼惦記著朱莉呢。這是朱莉無法搞明白的問題。但是朱莉的筆記本電腦任務管理器上，明明就出現了他的名字，他的 Teams。他這個時候無論如何都不應該出現在她的筆記本電腦裏的，因為她目前所做的專案已經與他無關，而且，她是中午時間犧牲了吃飯時間作的面試。那個時候不是她的工作時間，而是她自己的時間，最重要的是，她用的是自己的私人筆記本電腦作的視頻面試，而不是她平時工作用的筆記本電腦。

這麼一想，帕特爾博士太可疑了。龐文彬如果監控她畢竟還只是可能監控她的私生活。而帕特爾博士這個時候沒有任何出現在她私人筆記本電腦任務管理器上的理由。

為什麼他的名字他的 Teams 會出現在她的私人筆記本電腦的任務管理器中？

八．可疑的帕特爾博士

如果帕特爾博士的名字出現在朱莉的另一個筆記本電腦的話，那朱莉還是可以猜測到他的目的，因為朱莉用她的另一個筆記本電腦遠程登陸到公司網站工作的。帕特爾博士可能就在監控著所有手下員工的工作情況。

但是，朱莉的面試完全是在自己的筆記本電腦裏進行的。雖然用於工作的筆記本電腦也是她自己的電腦，但那個電腦因為一方面電腦裏有自己很多的私人文檔，沒有在家辦公前，朱莉都是用那個筆記本電腦做自己的私人工作的，包括寫作。另一方面又用於工作，突然在家工作後，自然而然地用起自己的筆記本電腦用於工作，而沒有想到要把公司工作用的電腦與自己用的電腦分開來。也是因為以前沒有經驗。但那個工作與私人混用的電腦出現了幾次奇怪的現像後，朱莉一直是想把私人用途的電腦與工作用途的電腦分開的。

這次決定騎馬找驢找新工作後，朱莉就已經決定買一個新的筆記本電腦，用且只用來找工作。因為只打算用它來找工作，當然就決定買一個最便宜的。

朱莉原來的筆記本電腦貴。加上稅花了一千多美元買的，這對於朱莉來說已經是算很貴的筆記本電腦了，因為原本是純粹只用它來做寫作和出版用的。但 AltitudeX 公司在冬天極端天氣無法去公司上班時，朱莉也偶爾用它來做遠程登陸作工作用途。朱莉是有一個臺式的電腦的，但那個電腦太老舊了，非常非常慢，因為裏面裝有一些必用的軟體，比如 Office 及 Photoshop 朱莉還一直沒法淘汰它，而且裏面存有很多老照片。只有必須用到那些軟體時，朱莉才會用它，平時就用那個一千多美元買的筆記本電腦。疫情突然發生後，他們都在家上班。AltitudeX 公司本著盡可能節省成本著想，沒有發給他們公司的電腦，朱莉自然而然用它做公司遠程上班用途了。

雖然一直對把私人用途的電腦與公司上班混用讓朱莉很不舒服，但當初沒有分開來後，想要再分開來就要額外地花很多精力和時間，要與公司的 IT 部門溝通等，朱莉怕麻煩，就一直將就著用它。

但自從遠程工作一年來，那個電腦發生了一些匪夷所思的事情後，朱莉開始不再信任它。找新工作開始後，甚至停止用那個電腦做自己的私人的工作了，包括寫作。只想等找到新工作了，把那個電腦與 AltitudeX 公司相關的軟體都刪除了後，才重新拿它來做自己的私人用途。

想想自己在 AltitudeX 公司最多計畫再呆三個月半年，在三個月半年裏應該能找到新工作了。到時那個筆記本電腦又都可用來作私人的工作了。半年不算長，忍一忍就過去了。

但要找新工作，既然抱著騎馬找驢的想法，當然不想讓公司知道她在找新工作，所以在亞馬遜買了一個屬於最便宜一檔的筆記本電腦，加上稅三百塊美元都不到。

沒想到連新買的筆記本電腦都會出現帕特爾博士的名字。

他到底是誰？如果監視她工作用的私人電腦還有那麼一點點合理性的話，監視她新買的完全用作私人用途電腦，那是無法原諒了。

而且，他怎麼知道她新買了一個筆記本電腦？他怎麼能進入到她新買的筆記本電腦？

其實朱莉當初決定專門買一個新的筆記本電腦用於找工作，其中一個原因是工作與私人混用的那個貴的筆記本電腦已經出現了很多起奇怪的事情。

有一次，朱莉收到了一封由一個視頻網路會議軟體發給她的信，信上是確認她於某日與國家太空軍政府部門的相關人員的會議日期及鏈接。按說，朱莉是不可能收到這種信的，因為與太空軍政府部門的相關人員開會都是帕特爾博士他們的事，她只是一個前端工程師，所有對前端需求如何改正，添加新的特色需求都是通過帕特爾博士轉達的。她從來沒參與過與太空軍相關人員的接觸。

唯一一次的接觸，是太空軍那個專案組的其中一個人員大衛剛好來東部出差，順便拜訪了一下他們公司的這個專案組成員。太空軍政府部門在佛州，大衛好不容易來東部出差開會，剛好有時間，所以就來實體接觸一下實際做專案的組員們。而那一次，帕特爾博士卻剛好不在。他們專案組的其他五個成員與太空軍政府部門來的大衛拍了一個合照。五個人中，有三個人是大衛以前從未見過的，其中包括朱莉，艾莎和陳彼特。肖恩與許峰則是跟帕特爾博士一起去佛州出差過。大衛對朱莉，艾莎和陳彼特說：“以前只聽到帕特爾博士提到過你們的名字，這次終於見到你們了，真高興。”

大衛是一個看上去健康充滿活力的三十多歲的帥小夥，因為來自佛州，感覺他身上自帶一身佛州的陽光，通體尤如寫著一個大寫的“正派”兩字。看上去這麼讓人舒服的小夥子現在好像是不多見了，朱莉在心裏感慨了一句。

見了面拍了合照後，肖恩和陳峰就帶大衛去吃了一個飯，也沒有邀請朱莉他們三個，他們自然也沒有跟著去。

所以朱莉看到那封信的時候，確實是非常的吃驚。而且照那封確認信的意思，朱莉還是會議的發起人，那更是不可能了。第一、她根本沒有發起過這樣的會議。第二、她根本不認識他們，唯一見過一次面的只有大衛。第三、以往都是帕特爾博士在發起這類會議的。第四、她只是屬於專案組裏面的前端工程師，根本不涉及到任何核心和安全的方面，所有到前端的數據，理論上都已經是不涉及安全的數據了。那她該如何來解釋她收到這麼一封確認信呢？這封信中涉及的人員都是太空軍政府部門的具體的人員，不可能是垃圾郵件。

憑著朱莉的聰明頭腦，唯一能解釋得通的就是：帕特爾博士冒用了她的帳號，沒有及時地退出，他以為自己已經在用自己的帳號在發會議邀請了，結果因為還沒退出她的帳號，所以朱莉收到了確認信。

這個解釋把朱莉驚嚇住了。帕特爾博士為什麼要冒用她的帳號？但因為涉及的會議事關政府部門，是大事，朱莉也不敢在還未離職前得罪她的頂頭上司，只是把那封信轉給了帕特爾博士，只是說他是不是發錯了信，按理，她是不應該收到這封信的。朱莉左思右想，要不要把信也抄送一份給 IT 部門，最後，不想把事情搞大，她沒有把轉發的信抄送一封給 IT 部門。

帕特爾博士沒有回信。甚至絕口不提那封信的事。

遠程工作，互相都見不到面，無法猜測他收到她轉給他的信後的表情。

但是按那封信中內容，朱莉應該通過那個會議鏈接參加那個網路會議的那一天，朱莉家的網路斷了。是徹徹底底的斷了。甚至連電話都沒法打出。

網路哪天都不斷，偏偏就在那一天斷了。

還好，朱莉的手機服務商不是 Verizon，否則在這個網路年代，如果家裏網路與手機網路都用一個服務商的話，網路一旦中斷，都沒法與外界聯繫上了。朱莉用手機打 Verizon 的電話，電話也打不通，打了不知道多少遍，沒有一遍能打通的。朱莉趕緊通過手機上公司的網路 email 郵箱，給帕特爾博士請假今天不能工作了，因為家裏網路斷了，沒法遠程登陸公司入口。又發郵件給 IT 部門說自己家的網路斷了，座機都打不了。用手機打服務商的電話也一直打不通。IT 部門回復說，Verizon 這幾天東部的網路大面積中斷。朱莉心有安慰，心想那看來是湊巧了。

但朱莉隨後再打 Verizon 的電話，又是自動的接的電話，說她家所住位置的網路是正常的，是朱莉設的防火牆造成的，但朱莉這一二天根本沒有動過防火牆，怎麼偏偏這個時候防火牆造成了網路中斷。而且自動接的電話說："我們正在給你的防火牆修復。"按電話裏說的話，是應該修復了。但朱莉的網路還是不通，座機還是打不出去。因為不是人工接的電話，朱莉也不知道具體到底是怎麼回事。

然後，到了下午五點以後，網路神奇地自己好了。什麼都好使了，網路，電話。那個時間，剛好是那個朱莉收到的神秘的信中所言會議結束的時間。

然後，朱莉接到了帕特爾博士的 Email，問她網路好使了嗎？這個時間點也趕得太巧了點。

如果這一系列的事件解釋為：是帕特爾博士進入她筆記本電腦的防火牆並給她設置了防火牆，以至於她不能有機會通過點擊那個鏈接參加那個他不小心沒退出冒用她的帳戶而發起的會議，那就能完全能解釋通她的那次遭遇了。

很多時候，一個能自洽圓滿地解釋得通的推理，恰恰就是事實發生的實情。

那麼這一次，這只是她的一個推理，還是實情呢？朱莉沒法知道。

朱莉能知道的是：帕特爾博士是一個非常可疑的人。

九．不順利的"大廠"面試

微軟的面試因為技術的故障而失敗後，後來的"大廠"面試也都很不順利。

"大廠"是華人圈對於高科技大公司的戲說。因為華人程式員都戲稱自己"碼工"，與流水線廠房裏打工的工人們只是分工不同，性質是差不多的。碼工們是在 IT 技術這條"流水線"上勤勤懇懇地做編碼的工作，跟工地裏搬磚，碼磚的工作類似，是不過碼的不是現實的磚，而是虛擬的數字的程式的磚。

說自己在"大廠"工作，是有點自嘲的意義。但錢卻是實實在在的。在"大廠"能掙的錢是一般公司能掙到的錢的幾倍，朋友圈裏不乏有現實的例子，比如朱莉張姓朋友的兒子藤校未畢業就在大廠拿到了總共四十萬美元的工作包，又比如朱莉董姓朋友的老公跳槽去了某大廠，工資立即翻了二倍。又有傳說在華爾街做礦工的（Quant 方面的工作，與"碼工"對應，被戲稱為"礦工"）更是賺得多，輕鬆上百萬的都有。

種種的實例或傳說，把朱莉的心也說得癢癢的。不顧自己是半路出家，也要試一試。

所以，這次朱莉打算找大公司的工作，一方面則是接受了陳彼特的指教，另一方面是受朋友圈那些成功實例的刺激。

在大廠工作，認識的都會是領域裏撥尖的人才，又能拿高薪高福利。再說朱莉現在對自己的能力也比較自信了，自然想挑戰一下"大廠"。

確實跟以往不同，這次所有申請的"大廠"都對她的工作申請有迅速的回應。包括 Google，亞馬遜，微軟，Facebook 等。有的如微軟早早就定下了面試。有的則先定下線上電話面試，有的先定下了網上的編程測試。

但是，"好的開端是成功的一半"，反之，"壞的開端是失敗的一半"吧，微軟公司面試的失敗，引起了一系列大公司的面試失敗。

也怪朱莉準備得不充分。以前的面試都是先電話面試，在電話裏面試人會問一些技術性的問題，只要口頭作答就行了。而且網上有很多電話面試的面試題可以準備。

以往，朱莉的電話面試都很難成功，有時候是因為朱莉的語言問題，英語的表達能力畢竟還是不夠強，這在電話面試裏就會很吃虧的。有時候是因為對方的英語問題，印度裔的面試人有時候口音很重，在電話總是聽不懂他們到底在說什麼。有時候則是因為朱莉的編程能力問題，畢竟是半路出家，而且沒有過系統性學習，都是看到工作要求什麼技能迅速自學速成的，難免對一些需要比較多的電腦基礎的問題摸不著頭腦。但是，每次總能運氣好，撞到一個在電話面試時只問一些初步的問題的電話面試。而朱莉的到場面試的成功率就會比較高。因為有時候面試人見她雖然基礎知識不太扎實，但人聰明，學習能力強，綜合考慮一下也會給她職位的。

但那幾個大公司的遠程第一次電話面試則都已經需要上機當場做考試題。在面試的時間裏如果來不及做完那些考試題，那是毫無通融的餘地。

以往的面試經驗竟然統統都用不上。

面試了一圈，朱莉才明白進大公司不是想說進就能進的。那些進大公司的人無一不在面試方面下了一番苦功夫，刷了無數的題。她一個半路出家的，想不刷題與那些電腦專業畢業的人竟爭鬥都沒有。

而且，遠程電腦面試過程中，朱莉的電腦總會出現一些平常見不到的故障，總要因為排除電腦問題花去了差不多面試一半的時間，好幾次連一個問題都還沒答，面試時間就結束了，而面試人分配給她的面試時間是有限的，人家下麵還按排有別的面試呢，不可能會給她額外的時間。

朱莉的那個專門買來用作面試用的私人筆記本電腦不知怎麼了，一到面試時候就掉鏈子，讓朱莉有一種有人存心不讓她有一個好的面試的感覺。又因為前有微軟面試電腦問題的陰影，讓朱莉總擺脫不了自己的電腦被別的什麼人控制了的感覺。

而朱莉畢竟還有全職工作，每天不可能花很多時間刷題。朱莉通過一番面試，認清了形勢，如果過不了編程考試關，就不用想著去大公司工作了。這時安下了心，決定先刷題三個月半年的，暫且在 AltitudeX 公司做一陣無趣且技術過時的專案，等刷題準備得差不多了，再面試那些大公司不遲。

正當她決定安下心來，再好好工作三月半年時，工作又有了新的變故。

樹欲靜而風不止啊。

十．換電腦帶來的意外

朱莉的二個筆記本電腦及家裏網路遇到的各種奇奇怪怪的事，終於讓朱莉心生了換一個專門用於工作用的筆記本電腦的想法。

而且上一次才花了不到三百美元就買到了一個專門用於面試用的筆記本電腦，可見，再新買一個專門用於工作用的筆記本電腦成本也並不高。

那天朱莉用於工作的私人電腦又有新狀況，慢，網路連接到公司的 VPN 常常莫名自己斷開，想再連接上，卻告訴她已經有人連接上了。通過 IT 部門終於解決了這個問題後，但發現當天的 Teams 會議，朱莉沒未法打開話筒，說是話筒找不到，所以當天會議就只能聽，不能說了。

原來本就因為出現了這樣那樣奇奇怪怪的事情，而讓朱莉懷疑那個筆記本電腦是受人監視的，所以已不敢再拿它用於私人的工作。但那個筆記本電腦裏有很多平時需要用的軟體。這讓朱莉左右為難，也不免在心裏抱怨 AltitudeX 公司太唯利是圖，都不給每個員工配備一個公司的筆記本電腦，這樣就可以讓朱莉把公司的工作與個人的工作分開來。

於是，借著那天出現的新故障，向 IT 技術支持人員吳濤抱怨。吳濤說讓他登陸到朱莉的筆記本上看看，於是朱莉給了吳濤的全部訪問許可權。吳濤進去看了一下說："你的電腦裏還有 Linux 系統啊。"

朱莉說："根本不可能啊。我的筆記本電腦原來就是私人工作用的，哪里可能有 Linux 系統，我也根本不知道什麼 Linux 系統啊。"

吳濤態度立即大變，不敢多說什麼了，只說：那他也不懂了。朱莉私下來猜測，可能他認為這個 Linux 系統是他們公司別的工作人員偷偷安裝在她的私人筆記本電腦裏的，這種做法當然是違規的，所以他也不敢吱聲了。

吳濤又說："而且你的電腦裏開有幾個 Teams，你開那麼個多 Teams 幹什麼？還有，你有筆記本電腦自帶的攝像頭和話筒，你怎麼還用了一個別的話筒？你把別的 Teams 都關了吧，把別的話筒也關了試試。"

朱莉說："我也不知道怎麼會有好幾個 Teams 開著，也不知道為什麼開了幾個話筒，我這個筆記本電腦現在除了工作用，什麼私人的工作都不敢用的啊。除了專案組或公司開會，我也從來不用 Teams。"

朱莉沒有任何專業學習過電腦知識，編程是自學的，而編程只要用到一個文本編輯器就行了，她對電腦的知識其實是非常缺乏，一聽到什麼話筒、Teams、Linux 系統只覺得頭痛。就不能讓她好好地單純地工作嗎？但從 IT 技術支持工作人員吳濤話語中的態度中，朱莉也基本上證實了她的這個用於工作的私人筆記本電腦看來是確實受人監控著。特別是朱莉知道公司可以通過 Teams 來操控她的筆記本電腦，現在吳濤也證實裏面開了幾個 Teams，幾個話筒，難怪她的 Teams 找不到話筒了，因為她的話筒都被別的 Teams 用了。而且現在又出現 Linux 系統這事，好端端的，從未安裝，她的筆記本電腦怎麼會出現 Linux 系統？

細思極恐。

也不知該說什麼，吳濤倒是像知道些什麼，但也不敢多說。只是催促朱莉在 IT 部門寫一個 ticket。朱莉只知道這事不是他幹的。但是不是別的 IT 人員幹的就說不上了，既然他能知道她筆記本電腦裏的這些狀況，遙控她的筆記本電腦，說明如果是他在她的筆記本電腦裏做這些事，比如安裝 Linux 系統，他也是能做到的。那別的 IT 人員也能做到。甚至可能不是 IT 人員也能做到。

朱莉也不敢告訴他有一次在另一個她的私人筆記本電腦的面試過程，在任務管理器的進程中看到了她上司帕特爾博士的 Teams 出現在她那個新買且不用於工作的私人筆記本電腦中。畢竟人還在 AltitudeX 公司工作，還未找到新工作前，還是要保證老工作的職位的，萬萬不可造次隨便指責上司監控自己的私人電腦。

就問吳濤能不能從 IT 部門領一個工作用的筆記本電腦專門用於工作。只說這個私人筆記本電腦有好些私人的檔和安裝有一些需要用的軟體，但因為現在這個筆記本電腦用於工作了，而影響到了她私人用電腦。

吳濤說：需要把她在公司的臺式電腦上交才能領到筆記本電腦，可臺式電腦就是朱莉遠程登陸到公司工作的實際電腦，裏面有原來給太空軍所做的專案代碼，不知到時會不會又要回去繼續做。而且朱莉對電腦不熟悉，又怕電腦一變動，造成不能工作了，那這個疫情期間，朱莉又不想親自跑去公司，到時就會比較麻煩。

把這顧慮與他一說，而且又說：她只想要一個獨立的筆記本電腦，只用於遠程登陸到公司的電腦即可。

吳濤表示理解，說：“那你要不要我的一個舊筆記本電腦？”

朱莉說：“是公司的還是你私人的？”

他說：“是我自己的。你拿到後重新格式化一下就可以了。”

朱莉說：“如果是公司的，那當然是好，但是是你私人的，那就算了。”

吳濤說：“公司的筆記本電腦我倒是也可以幫你申請一個，但是你到時必須來公司辦理領取手續。”

那時，正值疫情還很嚴重的時候。龐文彬已經好幾次提醒她，他的公司美國總部又有人得新冠了，讓朱莉平時不要出去，注意安全。所以朱莉自然很顧慮這個時候還要去公司交接電腦的領取手續。

更何況自己本來就想走了，如果按她的計畫，三個月內找到新工作的話，那麼三個月後，她就要去別的公司工作，領取電腦面對面辦一次手續，到時退回電腦又要面對面辦一次手續。麻煩不說，還存在著疫情期間的感染風險。

而要吳濤私人的筆記本電腦的話，那肯定不是免費的，即使人家提出免費給，她也不好意思要的。何況照朱莉對吳濤的瞭解，他也不可能免費給她一個私人的舊的筆記本電腦。

吳濤是臺灣來的，娶的老婆卻是朱莉的老鄉寧波人。而且無巧不成書，疫情前朱莉參加的一個書畫班裏也有他的老婆。而且聽他老婆說她已經參加那個書畫班有五六年了。書畫班是一個香港來的馬里蘭大學退休教授辦的課。

吳濤平時常對朱莉發表一些有涉種族歧視的話，比如什麼什麼人種智商不行，笨得要死，什麼什麼人種懶，什麼活也不幹什麼的。朱莉初次聽得非常不安，因為她知道在美國特別是在美國的公司，這是一個非常敏感的話題，就提醒他最好不要在公司說這些。

他說："在我們公司說沒事的，再說，我說的中文，他們又不懂中文。"

自此後，朱莉對他的言論就不再發表自己的觀點，他一說這些，朱莉就藉故忙，不再聊下去了。

但他已經在工作公司十幾年了。而且兒子女兒都被他介紹到公司實習，有什麼話說什麼，不遮著掩著，倒也活得好好的。

人長得很矮，五官很奇怪，朱莉第一次見他的面，就覺得這人真是長得少見的醜，再加瘦小，五短身材。等見到他的老婆後，心裏暗暗奇怪他老婆為什麼會看上他。寧波人，江南女子，他的老婆就算在寧波這個到處都是江南美女的城市也能稱得上長得中等偏上，後來在書畫班裏聊起來，家裏家境應該也不差，就更想不明白當年為什麼會嫁給這麼一個其貌不揚的人。

一朵鮮花插在了牛糞上。是朱莉最直觀的想法。

但他老婆卻分明非常受用的樣子，常誇他體貼，溫柔。確實他每次書畫班結束時，就會出現在那個華人活動中心的大廳等著接他老婆。他老婆總要選擇這個時候來與朱莉告個別，朱莉也總會不失分寸地及時誇上她老公一句。

有一次朱莉書畫課結束得早，他老婆還沒出來，朱莉就在大廳與他聊了幾句，說："你好體貼啊，每次都來接你老婆。"

他說："別提了，讓她自己開車，開著開著就不知開到哪里去了。我接她還省些油錢呢。"

有一次，疫情前，在公司朱莉遇到了電腦密碼幾次登陸失敗而不能再登陸的問題去找他，還沒進門，就聽見屋裏傳出有一個女的用尖刻的聲音咆哮地用中文罵他，都讓朱莉能聽到罵的是什麼內容，他是用聽筒聽的，沒有按免提，可見罵的聲音之大，通過聽筒的聲音都能傳到門口。

朱莉猶豫了，這個時候好像不是進去找他解決問題的好時機。只聽得只有女的高聲罵他，而他只有唯唯諾諾地發出單聲："對。""好。""嗯。"一句回罵都沒有。當後來朱莉認識他老婆後，自然知道罵他的聲音就是他老婆的聲音。看來，他在老婆面前確實態度是很好的。

他見識短，但因為幹的 IT 行業，大概不缺錢，所以常常喜歡以一種自得自足的神情評論他人他事，評論的前提是他深信自己是對的。

那時候臺灣正在舉行選舉。他就對蔡英文非常不滿，說："我一見到那娘們，就知道那娘們不好。"

既不說為什麼覺得她不好，也不說她哪里不好了。但只要他覺得她不好，那她一定就是不好了。因為他知道他都是對的。他找的工作是對的，他找的老婆是對的，他生的一男一女兩個孩子是對的，他就憑什麼會看錯人呢？

因為朱莉知道他為人見識短又自信自己永遠正確，所以早早就知道離他不要太近，因為她既不可能從他那裏學到什麼新見識，又不耐煩聽到他自以為是有時候不免有點敏感和危險的高論。

這時候，當然也不想從他手中拿到一個哪怕是免費的私人的筆記本電腦。

但與他的交流中，讓她作了一個決定：自己再買一個便宜的筆記本電腦，只用於工作用，不裝任何其他軟體，只裝遠程登陸到公司所需的軟體就可以了。

朱莉花錢不吝嗇，該花的錢花錢大方，但對不該花的錢，則是能省就省。這筆錢屬於不該花的錢。如果公司沒有那麼小氣，給他們每個遠程工作的員工每個配一個筆記本電腦，就根本不會有要用私人筆記本電腦用來遠程工作的問題，也不用再買一個筆記本電腦用於面試。更不用說，現在還得再花一筆錢買一個筆記本電腦用來私人工作與公司工作徹底分開來。

但目前狀況下，朱莉不得不考慮再買一個便宜一點的筆記本電腦，只用於遠程登陸到公司電腦。即使被監控著，那也由著他們監控去好了。因為那個筆記本電腦將是一個什麼都沒有的，空的電腦。工作時間，她將不用那個筆記本電腦做任何別的事，甚至連上網查看天氣都不會查。不工作時間，她就關閉那個筆記本電腦。而過了三個月，她找到新工作了，自然也就擺脫了那個廉價的公司，也擺脫了任何被他們監控的可能。

不知是朱莉這時因為懷疑自己受人監控疑心造成的，還是確實又發生了不尋常的事，當朱莉用她的在華為手機上安裝的亞馬遜軟體選購新的筆記本電腦時，每當她搜索一些品牌的筆記本電腦，那個頁面就會不停地閃爍。就像是活的一樣。

真是一件怪事接著另一件的怪事。

朱莉手頭上已經有一個 Dell 及 HP 的筆記本電腦，朱莉這次想買一個新的品牌。既然美國牌子的筆記本電腦都發生了一些奇怪的事，朱莉這次想買一個不是美國品牌的。又根據價格，朱莉只想買一個二百美元左右的筆記本電腦，這個筆記本電腦朱莉已經想好了，只會安裝一個 WI-FI 及一個遠程登陸 AltitudeX 公司用的軟體及一個開會要用的 Teams，其他什麼都不會安裝，也不會在上面幹任何別的事。這麼一個空電腦，誰想監控就讓它監控去吧。

等她找到新工作後，她可以把那個筆記本電腦格式化，然後就可用於私人工作了。

所以這個要買新的筆記本電腦任務非常單純，就是臨時用作工作用。這樣也可以把她的花了一千多美元買的 Dell 的筆記本電腦重新回收，完全刪除工作用的軟體，而可以重新用來作自己的私人工作了。自從朱莉不用那個原本的私人筆記本電腦後，給她的私人工作帶來了很多的不方便。

根據價格範圍和品牌限定，朱莉很快就定下來想買的筆記本電腦將在一個中國大陸的品牌和一個臺灣的品牌之間作選擇。

買哪一個筆記本電腦呢？朱莉想近期出現的種種奇怪的事，有可能其中一個原因是因為在公司登記的手機是華為手機。目前美國政府事實在抵制一些中國大陸的品牌，特別是針對華為，中興。就算朱莉再對政治漠不關心，也已經風聞了很多關於對華為與中興的一些爭議和風波。所以謹慎起見，還是不買中國大陸品牌的筆記本電腦了吧，而且那個品牌的評價也不太好。所以最後選了一個臺灣的品牌。

買了臺灣的這個品牌後，就去問那個來自臺灣的 IT 技術支持工作人員吳濤，要裝的工作要用的 App 是自己直接去下載還是通過 IT 部門的鏈接去下載？吳濤問了她買了什麼品牌，朱莉告訴了他。他說："幸虧你沒有選那個大陸的品牌，我們原來那個 VP 李先生買了一批那個品牌的電腦，我們現在都要把它們都替換掉。雖然我們現在還沒對私人用於工作的筆記本電腦品牌做出限制，但以後也是有可能要做出限制的。"又誇了一下那個臺灣的品牌，說聽說評價不錯。又問了一下價格，一聽才二百美元，說真是太便宜了。

在新的筆記本電腦裏只安裝了上公司電腦必須要用的 VPN 軟體，及相關的軟體，其他的什麼都不裝，連流覽器都用自帶的 Edge。朱莉也不再改動電腦裏的隱私設置，原來還會把比如攝像頭話筒什麼的設置改一下，現在什麼都不變，心裏準備好了被公司監控得底朝天。反正那個電腦只用於工作，什麼私人的工作一律不在那個筆記本電腦裏進行。

朱莉也準備好了找到好工作後立即跳槽走人，一天都不會多流連。這個公司從讓員工用自己的電腦工作及對員工的私人電腦監控方面已經把朱莉對那個公司原有的所有的好感都消失了。再加上工作用著過時的技術語言對找新工作沒有絲毫的幫助，更堅定了做滿三年就立即跳槽的決心。

離滿三年只剩一個月多的時間了。挨過一天是一天。

新筆記本電腦毫無疑問也是被監控著的。這可是全新的電腦啊，裝了工作所需用的軟體後，一開機，螢幕就會呼呼呼地跳出幾個黑色的程式運行窗口，然後又一個個快速的消失。

真是夠莫名其妙的。

但朱莉不再加以理會了。朱莉甚至不在新的筆記本電腦裏用外設滑鼠。因為前一陣在懷疑自己電腦被監控時，她曾搜索了一下相關的知識，說是外部的人甚至是可以通過滑鼠來操控筆記本電腦的。

憑她一鱗半爪搜索到的知識，她雖然無法拼湊出為什麼通過外設滑鼠可以遠程操控筆記本電腦，但至少明白了多用一個外設的設備多給人家一個操控電腦的途徑。

在新筆記本電腦還未啟用，老筆記本電腦出現了故障無法上網的週末，還發生了一件事，這件事當時只是覺得奇怪，後來回想起來才覺得那也是一件挺關鍵的事。所以在說到用新筆記本電腦工作前，先把這件在老筆記本電腦出現狀況同時新筆記本電腦還未收到時發生的一件事詳細地來敘述一下。

十一．又一件怪事

原來用的筆記本電腦在 IT 部門的同事吳濤檢查出來裝有 Linux 系統後，在那個週五早上，用那個電腦就沒法登陸到公司電腦了。朱莉通過手機，跟吳濤說了一下，又告訴他她新買的筆記本電腦應該週一就能用了。

但當天朱莉也就沒法工作了。這造成朱莉不知道怎麼記錄工作時長了。

說是八小時都在工作吧，其實是沒法工作的，因為沒法遠程登陸到公司的電腦，實質的工作還是在公司的電腦上工作的。但是說是沒工作吧，這又不是她過錯造成的，她是想工作的，可是登陸不上公司的 VPN。而且因為現在登陸不上公司的 VPN，意味著填寫工作時間表得通過自己的網路直接登陸，一方面是因為朱莉不知道這個時間該怎麼填寫，填請假又心有不甘，畢竟不是自己不想工作的，是客觀原因造成的。另一方面朱莉不想通過自己的私人網路登陸工作時間表填寫頁面填寫工作時長，更何況明明知道自己的那個筆記本電腦在被人的監控之下。

這兩方面的原因考慮，使得朱莉沒有填寫當天的工作時間。好在，填寫工作時間表還是有一定的機動靈活性。過一二天再填問題也不大。

所以等週一安裝完專門用來工作的新筆記本電腦後，朱莉想做的第一件事，就是去填寫工作時間表。她想好了，星期五當天就填請假得了，反正她有的是有薪假期。而且因為週六剛好是月中，工作時間表不光要填

寫，還要簽字的。這非常重要，直接關係到這個月發工資。週一填寫已經遲到了，週五時沒意識到已經周中了。但是用公司 VPN 登陸後，發現沒法填寫。能登陸，能看到，但就是沒法填進去字。奇了怪了。明明能登陸，就是不能填寫。而工作時間表除了自己填寫還要上司帕特爾博士審批的。這個工作時間表只有自己、上司及會計人員能看到的。

所以朱莉馬上發郵件去跟公司的會計托德說了此事。會計托德一收到電子郵件，立即回復朱莉讓她打電話過去。

朱莉立即給他打電話，聽到托德設置錄音的聲音。原來這通電話還要錄音的。看來相當重要，以後可能要當作證據用的。

朱莉把相關情況說了一下。會計托德說：他查過了，發現週五的時間，她已經填了，而且簽了字！

這根本不可能啊，週五朱莉因為網路原因根本上不了公司的 VPN，IT 部門可以作證，因為她把情況報備給吳濤了。而且她也根本沒填時間表，更不用說簽字了。就是因為沒填沒簽字，她才這麼著急著裝好新筆記本電腦後第一件事就來填時間，簽字。

朱莉說：週五是因為她的筆記本電腦根本連不上公司的VPN，她根本沒填週五那天的時間表更不用說簽字了。朱莉能感覺到托德被嚇到了的樣子。

他在電話裏沉默了片刻，連忙又問：“那你週五是還在繼續你的專案的吧？”

朱莉當然知道他的意思，AltitudeX 公司做的政府合同，如果朱莉少報時間上去，損失的是公司向政府能拿到的錢，而朱莉自己反正能用有薪假期頂一下的。考慮到連接不上公司 VPN 也不是她的錯，她主觀當然是當天想工作的。朱莉就說："專案當然還在做，但如果星期五當天填成有薪假期也行。"

她可不想為了一天的工作時間承擔以後說不清楚的責任，可要把這點說得清清楚楚，更何況托德現在正錄著音呢。

托德說："在做專案，那當然算做專案了，不能算假期。"

他繼續說："可能是因為你的系統正更新中，等第二天就好了。"

朱莉說："那你能否把我今天的時間表也填一下，因為我今天的時間也是沒法填的。"

托德說："好的，今天的我幫你填一下。"

第二天，朱莉還是沒法填表，朱莉又去找托德，讓托德把這第二天的也幫她填一下。

托德說："我這兒顯示都是好的啊。你再等等吧，明天應該就好了。"

直到第三天，朱莉發現她重新能填時間表了。

這件事情的發生，朱莉更堅信自己的帳號被人冒用了。而最大的可能性就是她的上司帕特爾博士。除了她自己，只有她的上司有權審核她的時間表，有權簽她的時間表，也一定只有他能設置她的許可權。否則還有誰呢？肯定是他冒用她的名字帳號填了並簽了她的時間表，所以導致她本人反而不能填寫時間表了。

再加上上次她收到的以她名義發的而其實只可能是帕特爾博士發起的政府專案的網路會議，更堅定了朱莉懷疑她上司冒用她的帳號在做些她所不知道的事情。

他可以冒用她的帳號，那他有沒有可能冒用其他人的帳號呢？這麼一想，讓朱莉更是不寒而慄。

想起每次開會，原來組裏的人如肖恩，陳彼特，許峰等雖然頭像都會出現在那兒，卻是始終一聲不吭，在這麼個疫情期間，大家都在家遠程上班，如果他已經炒了某個人，但仍然假裝有那麼一個人還在繼續工作，冒領那個人的工資，是不是也是一件很容易而不被人察覺的事？

這麼一想，不知怎麼著，朱莉就回想到了那次同組裏的女同事艾莎離職時開網上歡送會時，後加入的同事拉傑夫提到的一條資訊：

帕特爾博士新買了一個大別墅。

這條資訊突然進入到朱莉的腦中。他怎麼可能有能力買這個別墅的？他哪兒來的錢買那個別墅？

他是誰？

朱莉突然覺得帕特爾博士這個人很不簡單。

再想想那個人過去的言行，更是增加了疑心。

朱莉又想起有一次，他們專案組的組員必須通過一個政府部門的電子安全認證和證書，而且是要公司花錢的，還必須得到公司行政負責人的簽字，在肖恩的幾番催促下，朱莉他們都獲得了證書，只有身為專案負責人的帕特爾博士沒有去認證，而且每次談到此事，都被他以各種理由藉口給回避過去了。

而且朱莉他們自從拿到證書後，一次都還沒用過那證書。按說，既然這證書事關專案安全，拿到後得儘快用起來才行，更何況那證書可是有年限的，到了年限還得繼續更新，繼續交錢。這也從另一方面可以看來，作為專案組負責人，帕特爾博士對安全問題是一點都不關心的，甚至懷疑他是有意這麼做就是要留下安全的漏洞。

為什麼要留下安全的漏洞？這也是朱莉所想不通的地方。

現在朱莉既然懷疑他在冒用她的身份進入她在公司的電腦，冒用她的身份發 email 和冒用她的身份填工作時間表和簽字，那麼是不是也有理由懷疑他在盜用她通過的並獲得的政府部門的電子安全認證和證書在做一些她根本沒有經手的事？

這個公司的工作本來是覺得越來越無趣，學不到新技術，現在是覺得不光無趣，還危險了。

騎馬找驢的計畫得趕緊行動起來，趕緊找到新工作，趕緊離開這個公司。

即使不能很快找到新工作，等目前的工作滿三年後，也要考慮離職了，以擺脫被上司各種身份冒用和監控帶來的不快，以及難以預測的危險。

十二．差點掉了工作

換上新的筆記本電腦工作後不久，又是各種的事故輪番上演。

甚至差點掉了工作，連預想的騎驢找馬及做滿三年的計畫都達不成了。

朱莉只覺得一切發生得太快，太莫名其妙，太出乎意料。

就在她用新筆記本電腦工作的第二個星期，她新專案的領導詹姆斯的上司查理德突然說："帕特爾博士說你的新專案用了太多資源，準備要把那個專案中斷了。讓你今天就把手頭的工作完成了。將來可能要把你分派去別的專案組，至於什麼專案，還要待定。"

查理德是疫情前不久才來公司的，朱莉只見過他幾面，但以前從來沒有在專案上和他合作過。那幾次的見面感覺他人還算友好，也許也是因為剛到公司不久，自知根基尚淺吧。但現在見他的網路會議上的頭像總有一種說不出的陰森感。像是電影中那些專門作些見不得陽光生意的老闆。

朱莉曾在做政府合同的公司呆過，知道"將來可能要把你分派去別的專案組"意味著什麼，意味著就是裁員。因為做政府合同的公司都是拿政府的錢來養活員工的，很多做政府合同的公司是不會自己出錢給員工一定的時間來調整找新專案的。

資本主義就是這麼殘酷！

那天，是星期四，第二天就是星期五了，而如果再工作到星期一，就是二月份了。朱莉是三年前的三月一日進的公司，如果能做到二月份，即使多做那麼一天，從簡曆上來說，看上去也是整三年了。

所以朱莉當下決定，無論如何都要把工作拖到星期一。當然如果星期五公司無論如何都要把她辭了，那也沒辦法了。

在美國職場十幾年，朱莉早就見識過了資本主義公司的無情和冷酷。即使是華人的老闆也不會因為同胞而多點人情味。當下，除了再次感受到了資本主義公司的無情和冷酷外，早已沒有更多的自我悲傷。只一門心思當定主意，要為自己的利益作打算。

所以當天晚上，朱莉沒有把專案完成。更不用說把代碼上傳到 Master branch。只要她把代碼仍然放在自己的本地，那那個專案就無法完成。第二天下午五點，查理德來問朱莉是否把代碼都提交了。

朱莉說："還沒有，遇到了一些技術上的問題，尚需要半天的時間，到星期一上午才能把那個專案完成。當然，如果你想把專案中止在那兒，那也可以，我就不繼續做下去了。現在已經到了我的下班時間，如果你想把那個專案完成，那我就在星期一上午再把它完成。"

查理德就不知道該怎麼辦了。總不能強制朱莉這時候把代碼上傳吧，再說，朱莉就是不上傳，那又能怎麼樣？朱莉反正是要按時下班了。再說，現在朱莉是在遠程上班，她人就在家裏呢，也不可能強制朱莉上傳完代碼才能走。

他說：“我去問問帕特爾博士。”

朱莉立即說：“那您把他的回復發到我的 Teams 吧，反正現在我是要下班了。我星期一再來查看資訊。”

不等查理德回復，朱莉立即就下線了，同時關了機。

不管怎樣，朱莉挺過了週六周日兩天，迎來了星期一的早上。

時間的安排真是美妙，二月份的第一天了。即使在當天就被辭退，她的簡歷上看起來是已經做滿三年了。看上去這段工作經歷將會在別的公司眼中是一段好經歷。

不管它了，天要下雨娘要嫁人，由它去吧。

即使今天被辭退，至少簡歷裏不那麼難看，因為如果差一個月沒有做滿三年而離開公司的話，以後面試的公司就會在那兒打一個問號。到底是什麼原因，沒能做滿三年？但現在以後面試的公司就會想當然以為剛好工作滿三年。

如果找工順利，在一個月多月內找到工作，比如在三月份開始工作的話，甚至在以後找工的簡歷看上去，期間都沒有任何空檔。人家會以為她是連續工作做滿三年後跳槽到新工作的。

不管怎麼，這是目前朱莉能為自己掙取的最好的結果了。

當天早上，朱莉查看了 Teams 資訊，發現查理德根本就沒有留言。所以朱莉當天上午就把代碼從自己本地的 Branch，Check in 到了 Master 的 Branch。

然後去跟查理德說：“代碼已經 Check in 到 Master Branch 了。接下來那個專案還可以有些優化的地方，但是如果你不想讓我做下去了，那我的工作就算完成了。”

他也不知道到底他該做怎麼樣的決定，語氣裏充滿了困惑。他說：“帕特爾博士又說那個專案再等等看，那我們等到星期二再看看吧，看帕特爾博士如何回復。”

那個如同雞脅，用著過時的技術的專案，朱莉早就不想做了的。但現在，卻希望能再做一個月，無論如何，再做一個月，她是正式滿三年了，股份能拿到的比例會把做滿二年拿到的比例多不少，也是幾千元美元呢。401K 公司的配額也能百分之百都拿到了。

這時，朱莉接到那個專案的實際領導人詹姆斯的 Teams 資訊，說讓她在他的專案組繼續做下去，並且說是帕特爾博士的意見。怕朱莉不信，還重複了幾句帕特爾博士的口頭禪。朱莉一聽帕特爾博士特有的口頭禪，就信了。因為這個口頭禪，除了帕特爾博士不會再會有別的人說。

雖然朱莉對於帕特爾博士最近的反復無常的態度不可理喻，而且現在這一切的發生，讓朱莉都一直懷疑是帕特爾博士在背後搞的鬼，但現在既然把目標集中在做滿三年上了，也就不再計較這反復無常的背後到底是什麼緣由了。也不再嫌棄那個如同雞脅的專案了。

做下去，哪怕只做一個月，意味著做滿三年，好看的簡歷，實際拿到的更多的股權分益，全額的 401K 公司匹配，及多一個月的騎馬找驢找新工作的時間。

經過了工作時間表被人冒填冒簽及被辭退的驚嚇，生活又好像回復了平靜，至少是表面上的平靜。

朱莉也開始用新的筆記本電腦工作了，那個筆記本電腦不幹任何別的事，甚至不上網流覽當天氣溫，只單純限於與工作有關的一切。

這個時候，朱莉如果不再做任何變動，也許生活又可這樣平靜地持續下去了。

可是，怪就怪在朱莉還想要更進一步的安全。她想把工作與原來那個老筆記本電腦徹底脫鉤。

事後，她是多麼後悔自己的自作多事，自作聰明。為什麼就不能保持原來的狀態不動，然後悄悄地找工作，等找到工作後，再來把原來的那個老筆記本電腦刪除與工作相關的一切呢？

為什麼要操之過急呢？就不能多等那怕一個月？她這麼謹慎的人，怎麼就在這麼一個小事上翻了船？

但是，人的命運誰會知道呢？一個小小的變動就會引發出一場大的災難。如果誰都有未卜先知，哪里還有命運這一說？

再說，朱莉要做的一件事，在她看來非常之小，只是出於她謹慎的個性，她只是把老筆記本電腦的無線滑鼠插在介面裏的介面撥了而已。

甚至她都在想：有沒有做這件事的必要？只是一些網上搜索出來的不知真假的資訊引起她的這個舉動而已。甚至她都不知道該如何科學地叫那個無線滑鼠介面名字。她做編程只是半路出家，而對於電腦原理和知識則基本還處在最幼稚的階段。

牽一髮而動全身。

中國的文化是如此的博大精深，就這麼短短七個字，可以事後用來解釋朱莉經受的種種匪夷所思的遭遇。

新筆記本電腦用了一陣了，朱莉決定要把老筆記本電腦重新回歸用於自己私人用途。但是，還有沒有誰在監控那個老筆記本電腦呢？

為了切斷任何老筆記本電腦與工作的聯繫，朱莉自作聰明地做了幾件事：

第一件事，在老筆記本電腦裏刪除了與公司工作相關的軟體，但是刪除的過程中又有一件令人恐怖的發現：有一些目錄是刪除不掉的。說是她沒有許可權。但她可是那個筆記本電腦唯一的管理員啊，怎麼會有這種情況發生。刪除不掉，那也沒有辦法了。就留著吧。

第二件事，她把現在工作用的新筆記本電腦和老筆記本電腦的網路 WI-FI 帳號連接成不同的帳號，而且，兩個帳號用的密碼是不一樣的。雖然朱莉也搞不清楚這有沒有什麼用，但是那次她全家網路中斷甚至電話也打不出去的事還是讓朱莉懷疑她的上司帕特爾博士可以通過網路控制她家的網路，而且很有可能，現在那個筆記本電腦的實際管理員不是她而是她的上司。

第三件事，這是她這陣子網路搜索的新發現，說是有駭客或技術高手可以通過無線滑鼠的無線介面遠程控制電腦。她雖然半知不解的，但從文章中推斷那個老筆記本電腦的無線滑鼠有可能被人用來控制她的筆記本電腦，所以，她趁著新筆記本現在已經正常用於工作了後，就在幹了上面兩件事後，把那個無線滑鼠的網路介面撥了。她其實是早就想撥了的，但以前就怕因此影響了工作，疫情期間也不可能隨便找人去修，所以一直忍著。

這次她覺得兩個筆記本電腦可以完全脫離關係了，她再也用不著老筆記本電腦幹與工作有關的事了，才放心地把那個老筆記本電腦的無線滑鼠的網路介面撥掉了。

就像傳說中不小心觸碰到了什麼隱藏的機關，她才撥了無線滑鼠的網路觸頭不到五分鐘的時間，就接到了上司帕特爾博士的電話。

在電話裏，帕特爾博士好像語氣中充滿著不自在和怒火，幾聲常用的口頭禪也顯得有點乾巴巴，甚至朱莉還覺察到他語氣中有恐慌甚至恐懼。他有什麼事需要恐慌和恐懼的？

他想朱莉拉入了另一個新專案。

朱莉反正只想無論如何做滿二月份，這個時候把她拉入哪個新專案都無所謂了，不可能還會比目前手頭上雞肋而過時的專案更無聊吧？即使更無聊，也得熬過二月份再說。

但聽完帕特爾的介紹，朱莉心裏已經知道自己不應該接這個專案，這個專案聽上去不會無聊，至少不會比目前手頭上在做的無聊。但卻敏感。

沒想到，因為那個新的專案，她經歷了人生中最恐怖的事。而二月份是怎麼樣都熬不過去了。

十三．新專案

朱莉從一開始就知道自己不應該接那新專案。新專案敏感，是一個涉及軍事和空間的專案。

組員也非常奇怪，每一個角色都透著一種神秘的味道。之所以說是角色，是因為自從疫情，朱莉再沒回公司工作，而新專案的人全都是新人，她以前一個都不認識，現在也只在網上遠程交流。所以其實對她而言，就是一個一個的角色。

也許在現實中，他們也都是一個一個的角色。說不定他們雖然從事著在這家 AltitudeX 公司的工作，但真正的身份並不是一個個普通的職員。

斯諾登說美國的普通公民都是被監視的。如果這是事實，那麼在美國的普通公司中如果滲入著各種特殊身份的人，那一定也是一件不奇怪的事。

作為在大國爭端間的處於旋渦中心的華人，被監控被懷疑看來也是一件非空穴來風的事。

也許是年歲大了，人越來越多疑。這一二年來，發生在朱莉身邊的事，都讓朱莉越來越覺得身邊有些人，身份並不一般。

至於誰在監控，這倒值得推敲了。說不定不只是一方。中美雙方，甚至更多方都有可能。

當朱莉想到這個可能性時，她先懷疑是不是自己更年期已到，以至於變得特別多疑。

但種種發生的怪事，也好像只有用這些偏門的解釋才解釋得清楚。

她曾以為自己作為一個普通的公民，沒有什麼值得被如此對待的事。甚至自己的背景也非常的普通，相比於一般出國留學的高知二代官二代甚至富二代家庭出來孩子，她的父母都是遠離政治的善良勤勞的農民，不參加任何黨派，普通得不能再普通，背景簡單得不能再簡單，祖祖輩輩都在同一塊土地上生活。

但如再細想一下，好像也不是那麼普通那麼簡單。

首先，她的先生龐文彬現在在中國工作，但總部在美國。曾經在華為工作過，而現在華為處於被制裁的期間。他用華為手機，也送了朱莉一個華為手機，華為及華為手機現在都是政治敏感點。而她的華為手機的全部資訊還在 AltitudeX 公司註冊登記了的。

再次，她的弟弟原來在騰迅公司工作，騰迅公司手下的微信也是美國目前想要禁止的對象。她弟弟現在自己開金融科技公司，中國的金融科技公司也是現在美國防範的對象。

再次，她自己在一個主要做政府專案的 AltitudeX 公司工作。而所做的專案是美國新成立的太空軍的專案。雖然專案本身不算敏感，但太空之爭目前正是中美兩個大國的熱門竟爭之地。因此該專案如引起雙方的注意也不足為奇。

而且，她自己原來學的天文，隨著現在中美的太空之爭越來越激烈，學天文的也成敏感專業了。她原先在中國一家教育互聯網公司上班，公司的創始人是幾個中國科大少年班的同學。公司的員工也很多從中國科大畢業的。那些人好些都成了中國科技界的領軍人物，技術核心，散落在各個中國高科技公司工作。而朱莉目前與他們至今都仍有保持聯繫。

再加上自己現在做高科技領域。而她先生龐文彬工作的公司又是跟自動化、人工智慧、機器人相關的領域。他們公司的產品在最尖端的科技及民生領域都有應用，比如航空航太，高鐵，建築，軍事，製造，汽車等領域。

"華為""騰迅""天文""高科技""太空專案""政府合同"，"軍事""人工智慧"......沒想到自己身上就能找到這多麼的關鍵字。再加上自己目前是美國華裔，而她先生是美國綠卡，她與她先生算是兩個國籍的人。而她在美國工作，她先生現在在中國工作。恰縫中美對抗時期，華人本就在旋渦的中心。這麼一想，原來自己確實是有被各方盯上的可能性的。

"匹夫無罪，懷璧其罪"，古今中外都是如此吧。朱莉原來以為自己就是一名普通本分的中產打工人，但如果是被人懷疑自己身懷和田璧玉呢？那就是另一回事了。

現在重點不是她有沒有那塊和田璧玉（她當然是沒有），而是會不會被人懷疑她有和田璧玉。而顯然，答案是會。而且可能不至一撥人會懷疑她。

這個時候，就算她高聲疾呼：她就是一個普通平常的女子，除了可能比一般人聰明那麼一點點，身上根本就沒有什麼和田璧玉，怕是也沒有人相信了。

十四．何塞的新任務

何塞是菲律賓移民。來美國後，他換了好幾個工作。最後選擇在美國的 FBI 工作。

工作旱澇保收，又有很好的福利。償到了在政府部門工作的甜頭後，他一直是鼓動他的孩子們長大後都在美國政府部門工作。

老大聽話，畢業後真的加入了美國的警察局。老二是女孩子，就沒那麼聽話了，學習成績也一直不怎麼樣，不過在他妻子的影響下，也算是找到了在他看來很有保障的工作，老二是做護士的。到了老三哪兒，老一輩子的話就不怎麼好使了。老三換了一個工作又一個工作，都在單位做些無關緊要的工作，好在，找到了一個在政府部門工作的男朋友，眼見著快結婚了。

孩子們都有著落，何塞就想退休了。但就在這當兒，上頭去派了他一個說是緊要的任務，那就是關注對門鄰居的一舉一動。

何塞想不出對門看上去瘦弱的鄰居有什麼值得關注的。這是一個長著一幅聰明面孔，善良又有禮貌的主婦，長相看上去比她應該有的年齡顯得年輕很多，也單薄很多。以前何塞自然不知道名字，但自從有了這個新任務後，　就知道了她叫朱莉。

咋看一眼，還以為是個才上大學的大學生。但何塞知道她的女兒其實只比自己的老三低一個年級，上的同一所的高中，以前他女兒還不會開車或坐他車上學時，還曾一同坐同一輛校車上下學。她的女兒明顯比自己的女兒更受歡迎，都是一群孩子圍在一起在那兒聊天，相比之下，他的女兒就有點比較孤單，這也是他最後選擇讓他老三坐他的車去上學的一個原因，而且早早讓他女兒考了駕照，等她拿到駕照後，他的老三就自己開車去上學了。

算起來，對門鄰居朱莉的女兒也快畢業了。那這對門的女主人一定年紀也不小了。現在上司居然派他來“關注”她，關注是比較文明的說詞，言下之意是要讓他監控她。民主社會不興提倡監控，所以只是說“關注”。

他知道他曾經的同行斯諾登就是因為洩露說美國政府在監控公民的電話和行為而被控叛國罪，他可得知道“監控”和“關注”的分寸和區別。

如果被公眾知道他們堂堂 FBI 在監控一個普通公民，那整個美國政府的民主招牌會不會就此塌？。這個燈塔國也算是崩塌了。

是的，他只是作為一個鄰居“關注”一下另一個鄰居而已。這根本不算監控。也沒人會懷疑他在監控。

而且現在都在家工作，誰都不知道他的工作其實就只是“關注”對門的鄰居。

他的“關注”也確實讓他對對門的鄰居產生了一些小小的同情：她這幾年的生活看來並不如意。

首先，她的先生常年不在家。但她的兩輛車子都還註冊在她老公的名下。她住的房子也都還在兩個人的名下。她的電費水費電話費帳單都在她先生的名下。說明她單身，但未離異。

她自己割草，自己清理前後院，不開派對，不請人做客，不旅遊，除了工作和買菜及去銀行，基本都呆在家裏。現在連工作和買菜都不離家了。她基本上就每個月出去一趟銀行存錢，除此之外，幾乎足不出戶。

這種"關注"是文明的，他一點都沒打擾到她的生活，也沒引起她的懷疑。碰到了她也會像往常一樣與她打個招呼。

直到有一天，他的上司突然又有了新的任務給他：他們工作組要租用他的房子二個月。除了他可以在裏面繼續生活，但是必須得靜悄悄地，他的老婆和孩子都需要搬出去住。甚至他的車庫都被徵用了。

而且他們是要躲在房間裏，給外面的印象是屋裏沒人，屋子的人都外出旅遊了。他們在搬進來之前，已經買了足夠的冰櫃和足夠的食物供他們兩個月使用。

何塞想不出來，對門的瘦小的女鄰居會是一個什麼樣的大人物，居然引起了上面這麼大的關注。要這麼大的陣形來對待一個瘦弱的女人，這到底是為了什麼？

在此之前，他只知道自己生活在一個安靜祥和的中產社區。

但目前，他開始懷疑自己生活的社區並不簡單。

他甚至懷疑自己隔壁的鄰居老夫妻也不是一對簡單的老夫妻，說不定也是 FBI 內線或其他相似單位如 CIA 的同行。

甚至對門女鄰居朱莉家左右兩邊的鄰居看上去也都不是簡單的鄰居了。他們說不定也都是有著不同的目的不同什麼組織的人。

自己在這兒生活了這麼久，一直都以為生活在一個中產好學區，鄰里之間關係簡單和睦，現在看來，還是自己想得簡單了。

是什麼時候開始自己變得如此多疑了呢？

其實真正讓他開始多疑的是從去年他另一家隔壁的鄰居家庭的遭遇開始的。

他家右手邊隔壁的鄰居就是那對已經退休多年的老年夫妻，左手邊的隔壁鄰居是一家華人家庭。女主人做房產經紀人的，叫馬娜。她的兒子只比他最小的女兒老三大一歲，他女兒也曾經與她兒子一起坐校車上下學的，畢業後在 NIH 工作，據說是作 Covid19 的研究工作的，才工作了不到一年，還未搬出父母家，去年某個晚上突發心梗去世了。

才這麼年輕，有這麼好的前景等著他，真是太讓人惋惜了。

他的鄰居馬娜夫婦受不到這個打擊，見不得這個傷心之地，就搬家了。雖然她自己是房產經紀人，但自己的房子卻已無心無力出租，是社區另一個做房產的華裔鄰居周璐幫她出租的房子。

搬進來租住的是家西裔，自從他們一家搬進來後，門前就變得不那麼安靜了。這家人天天吵得很，半夜三更還經常能聽到門口大力踩摩托車油門的聲音，週末也經常有一大幫不明來歷的人來過派對，都是要開要到半夜時分才會散去。

何塞稍稍對這個他生活了二十多年的社區開始有了點不滿的情緒。

十五．麗莎的猜想

那個幫何塞的鄰居租出去房子的人也是住在同一個社區，說遠，如果開車的話，也得二三分鐘，說近，如果從小路捷徑走進去，也就只有二三分鐘的路。

她叫周璐，英文名麗莎，快六十歲了。

她原來是做醫藥研究的，後來因為研究公司倒閉，她乾脆自己出來做房產經紀人。最開始只是兼職，後來，大兒子工作後，她就全職做房產經紀人了。

她在這個社區也生活快三十年了。看著來來往往的人，誰搬走了，誰搬進來了，誰家離婚了，誰家結婚了，她比誰都來得清清楚楚。

微信流行後，她建立了一個微信群，社區的好多華人都在那個群裏，大部分是主婦們。

三個女人一臺戲，更何況這麼多女人湊在一起。群裏有時就會八卦一些其他一些家庭的事。

比如，朱莉她家的家庭變化在他們群裏就已經討論過幾論了。

麗莎的小兒子約瑟夫與朱莉的女兒麗蕤是同學，從初中開始一直到高中畢業一起都是同學。兩個孩子的關係一直不錯，原來都在同一個朋友圈裏。

因為孩子的緣故，麗莎與朱莉也算比較熟悉。她曾經提過幾次社區有這麼一個微信群，她就是群主，朱莉如想加入，她可以把她拉進來。但朱莉都好像沒有興趣的樣子，所以麗莎說過二三次，也就不說了，也沒把她拉入到那個微信群。

也正因為朱莉不在微信群裏，所以群裏討論她的家庭的時候就少了一些忌諱。再加上朱莉也很少談及她家庭的事，所以討論中猜測八卦的成份居多。

在這些討論裏，他們得出的結論是：

朱莉與龐文彬應該是已經離婚了。因為近幾年基本沒有見到過她的老公。以前，朱莉經常喜歡去社區散步或跑步。麗莎總會在後院或前院眺望到她散步或跑步的樣子。

以前，有時候， 還看到朱莉與她老公手牽著手在散步。

那時，她們就在群裏議論這事了：

"以前她家的房主也是一個華人，也是喜歡和老婆手牽手地散步，結果就離婚了。"

"現在她也喜歡與老公手牽手散步，說不定以後也要離婚了。"

這幾年，再也沒見到朱莉散步或跑步的身影，更不用說與老公牽手散步了，連她老公也不見了。所以她們以為朱莉與龐文彬的關係發展沒能逃出他們的預測：

"'秀恩愛，死得快'，果不其然，看來是普遍規律啊。"

“這兩人肯定也是離婚了。”

慢慢地，甚至對於龐文彬是哪國人也有了基本推定：“應該不是中國人，而是日本在東北的遺孤。”

而這個結論也是有根有據的。

根據就是據麗莎說：那還是她兒子讀初中的某天，她的兒子約瑟夫回家時說的，說龐薇告訴他，她爸爸是日本人。

麗莎一想，可不是呢，東北以前確實有很多日本遺孤，是日本侵佔東北後來戰敗歸國前留下的。而聽朱莉說，龐文彬是東北人。那肯定就是日本的遺孤了。

至於是不是只是自己的孩子聽錯了，還是記錯人了，是不是朱莉的女兒開玩笑說的，或者說的是別人的爸爸，她就不追究細節了。

總之，麗莎就憑她兒子的順口一句話，得出了龐文彬是日本遺孤這個結論。

這個結論甚至在有一次朱莉因為一家人要外出旅遊而托麗莎幫忙養幾天她家的魚時，麗莎就親口問過朱莉，朱莉也親口否認過——龐文彬還有一個姐姐，而用龐文彬與姐姐都與他們的父親長得很像，就像複製粘貼一樣。就算朱莉不知道龐文彬家的歷史，但憑著兩姐弟與他們父親的長相是如此之像就可得到結論龐文彬絕對不是日本遺孤這麼一回事。

但即使經過朱莉的親口否定，龐文彬是日本遺孤的事還是從麗莎的猜想獲得了社區華人群的定論。不光如此，還引申出了好幾個版本。

是從麗莎的猜想獲得了社區華人群的定論。不光如此，還引申出了好幾個版本。

十六．修屋頂的人

四年前，朱莉右手隔壁的女鄰居瑞秋家一棵非常高大的松樹倒了。剛好倒在了朱莉的屋頂。

打了保險公司的電話，保險公司問："樹倒的時候是活的還是已經死了？"

朱莉說："還活的，是連日的下雨可能把樹根部的土泡得很松，因此倒下的。"

保險公司的人說："如果樹是活的，那麼屬於自然災害，樹倒在哪家，就得由哪家保險公司花錢找人來評估。"

於是讓那個樹倒著保持原樣，直到過了幾天，一個保險公司派來的評估員來了。評估後，他說："你家的屋頂瓦片這個型號已經不再生產了。所以還是都換了吧。"

然後，報了一個陪償價格給她。朱莉那時候正缺錢，找了幾家公司免費評估換屋頂和修屋頂的價格。有一家說，如果不換的話，這個屋頂還能有六七年的壽命。朱莉一聽，還有六七年的壽命，那真的沒有必要現在就全換新的，而修的話，只要幾百美元，換的話，則要幾千美元，加上砍樹的費用，如果是換的話，還要自己倒貼錢進去。朱莉那時候正失業，對錢斤斤計較得很，恨不得把一元錢瓣作兩份使用，當即決定修而不是換。

最後根據修的報價高低朱莉決定讓也是住在同一個社區的人來修，鄰舍網上評價他都彼好，推薦的人都說他業務做得好，價格也很公道。

他叫波伯，人矮墩墩的，稍有些胖，英語說得不是那麼好，但交流不成問題。看長相和口音像是俄裔。他不光把屋頂的破損修好了，還把鬆動的釘子換了，把有點爛了的木頭也換了，甚至把有破損的金屬通風口也換了。

才花了幾百元錢就把屋頂修得妥妥的了，去了一件心頭大事。朱莉對這項修復工作很滿意，更重要的是，因為是修而不是換，保險公司給的錢還能有一部份節餘。

但此後，每年都會有各種自稱修換屋頂的公司來敲門。

這一年，更是經常有一家叫做 MLC 的屋頂公司的人來敲門。因為經常有自稱這家公司的人來敲門，朱莉都對他們很熟悉了。一看是戴著 MLC 公司帽子的人，沒等他們張嘴就說她家不需要這項業務。

後來，朱莉還在社區離她家只隔幾家鄰居的門口看到了這家屋頂公司的廣告，原來，不知不覺中，那家以前的租戶，已經換成這家屋頂公司的租戶了。

原來的那家租戶朱莉有所熟悉，是一個單親爸爸帶著一兒一女在那兒生活。女兒與龐蕤一般大，以前曾一起萬聖節時組隊去社區要過糖，偶爾也會來朱莉家找龐蕤和貓玩。孩子們都上大學後，各奔東西，朱莉也就從此沒有與那家打過交道，沒想到，才幾年的功夫，不知道他家什麼時候起就已經搬家了？換成了現在這家經常來她家騷擾要求免費評估屋頂修理的屋頂公司。

那家 MLC 的修屋頂公司不知怎麼這麼關心她家的屋頂？一次又一次派各種不同的人來要求免費評估。

朱莉有時不免納悶，為什麼她家的屋頂這麼受那家公司注目呢？難道在她的屋頂上面有什麼不同尋常的東西存在嗎？

不過她很快就覺得一定是自己多疑了。這麼普普通通的現在已經停止生產了的屋頂會有什麼不尋常的東西呢？

十七．鄰居

朱莉右手隔壁的鄰居不只一棵松樹倒到了朱莉的家。只不過另一棵沒有倒到了屋頂，而是倒到了朱莉家的院子而已。

朱莉以前從來沒有與那家鄰居打過交道，偶爾見到有個老年的婦女在院子裏逗兩只狗玩飛盤。

後來有一只狗不見了，只剩下一只狗有時在院子裏孤獨地玩。

那兩只狗不知怎麼著，從最初就給朱莉造成了一些困惑。

原因是朱莉家的前房主，也是個華人，叫王健，在把房子賣給她家後，曾經給朱莉和龐文彬介紹了他們的鄰居。前後左右的鄰居都介紹了。而介紹到那個女鄰居瑞秋家時，卻總有點其語不詳的樣子。只是說："她家有兩只狗，還挺凶的。"甚至語氣裏還透著一幅心有餘悸。

反正朱莉在聽完他的介紹後，心裏自動地跳出一句接在他話的下麵，幫他連接成一句完整的句子："我被那兩只狗咬過。"

朱莉除了那個女鄰居瑞秋再沒有見過其他的人。只有一次散步回來，在瑞秋家車庫前遇到一個長相不善的胖胖的大概三十幾歲樣子的男子和一個差不多年紀的女子，朱莉心裏自忖那大概是女鄰居的女兒和她女兒的男朋友之類了。

因為朱莉似乎記得她家的前房主王健說過她的右手隔壁鄰居有女兒的。大概她女兒這次難得地帶著男朋友來拜訪她的母親吧。

除此之外，再也沒有見過那家人與誰有往來，除了週末來割草的或者修理院子的人。

朱莉一直就以為那個女鄰居平時都是獨居。

因為那棵倒下的樹，使得朱莉不得不去告知那家女鄰居。她也吃不誰女鄰居在不在家，如果女鄰居平時有上班的話，那就不一定在家。但如果女鄰居已經退休，那就可能長期在家。但也沒准她出去買些日常用品之類的。

她去那個女鄰居家的時候，先特意看了看停在車庫外的車，她看到車庫的門外停著兩輛車，看來，鄰居家裏不光有人，而且也許不止一個呢。

雖然是兩輛車，但如果女鄰居獨居在家，也不難解釋她為了讓人錯覺她不是獨居，也許也會特意多停一輛車在車庫前。一般人家家裏有兩輛車很正常的。朱莉自己不是也是龐文彬去中國、女兒在外地上大學的那些年，她都會停兩輛車在車庫外面的嗎？

但是車庫外停著兩輛車，至少可以確定屋內有人。因為如果女鄰居在外面的話，她至少要開出去一輛車。那麼就只可能有一輛車停在車庫門口。

朱莉確定女鄰居家裏有人，就去敲門了。

她可以聽到裏面有狗的叫聲，也有一個老年的聲音在訓斥狗不要叫。但是就是沒有人來開門。

朱莉再次敲門。狗叫得更響了，也聽到一些腳步聲，但是就是沒有人來應門。

朱莉心想，這對於一個單身的老年女性來說也是情有可願的。畢竟，陌生人來敲門一般來說只是上門來推薦各種產品或服務的，甚至還可能是心懷惡意的人。前一種人一般不需要開門，後一種人則可能會帶來危險了。可能是出於這方面的考慮，明知對方知道裏面有人，也不開門吧。

朱莉敲了三次門後，確定她不會開門的，也不介意，就回家了。回家後寫了一封信，放在她的郵箱裏。在信裏留了她的 Email 和電話。

當天晚上，就收到了那個女鄰居的 Email。朱莉慶倖女鄰居並不難打交道。不像是會給她的生活增添麻煩的人。朱莉也從 Email 裏知道女鄰居的名字，瑞秋。

接下來就有了幾次的 Email 通信，對方給了保險公司的聯繫方式。朱莉打過去後，才知道活樹倒下的話，算是自然災害，損傷得要讓自己的保險公司陪償，而不是讓對方的保險公司陪償。

女鄰居家的兩棵倒下的松樹前後都處理了。女鄰居家還有一棵松樹也是很靠近朱莉家的柵欄。朱莉一直擔心那個松樹哪天也會倒下的。她經常用憂慮的目光丈量著那棵松樹，計算如果它倒下將會倒下哪個方向，大概率會往女鄰居自己的院子方向倒，但也不排除還是會倒在她家的屋頂。

這樣擔心了一陣後，只見有一天女鄰居家的門外停著一輛伐樹的車，朱莉心裏一喜，那棵樹終於會在倒之前被處理了。

松樹伐了後，朱莉感覺心裏的那絲憂鬱去除了。而且朱莉也心下嘀咕，這伐去的三棵松樹其實對女鄰居家來說也是好事。因為在中國，松樹一般會種在墓地之類的地方，很少種在自家的後院，在自家的後院種太多樹本來就會陰氣太重，特別是松樹，尤其不太吉利。美國人不講究這些，但其實伐了以後，對她家的風水是有好處的。對她的健康也有利。那怕對於朱莉家來說，也是不錯的一件事。

首先，沒有那麼多松針落在她家的院子了。另外，砍了三棵這麼高大的松樹，天好像一下明朗了起來，視野也廣寬了些。

倒是女鄰居伐了樹不久，又種了幾棵樹，這次，離朱莉的柵欄要更遠一些，而用種的是花樹，開很漂亮的花。不光不掉松針，還增加了一些美景。朱莉對此當然也是歡迎的。再說，等樹長高些，也增加兩家彼此的隱私呢。

不過，自從那次樹的事件後，朱莉又不再與女鄰居打交道了。他們的生活再次沒有交集。

又過了幾年。這就到疫情期間了。

朱莉突然發現，那個女鄰居幾乎很少出現在院子裏了。取了代之的是兩個大概三十多歲的人。其中一個胖胖的，剪著男人樣式的短髮，妝扮也是男人的衣著，走路姿勢也是，朱莉最初以為是男的。

後來，麗莎告訴她，她的鄰居瑞秋有兩個女兒，其中一個是同性戀。朱莉才明白過來，那個她以為的男的，其實是她女鄰居的那個同性戀女兒。

那兩個女兒，一個打扮得非常女性，穿粉色的裙子，捲髮。而另一個打扮得非常男性，著黑色或灰色的衣服，男式短髮。共同的特點是像她們的母親一樣都有一點胖，男性打扮的女兒更胖一些。

這個發現讓朱莉突然明白以前她曾經見到過一次的以為是那個女鄰居女兒的男朋友的人其實就是她的另一個女兒。

聽麗莎說，那個女兒以前很有戲劇性的。

很多年前，那個女兒與她的女性戀人鬧翻了，她就把她所有的家俱都堆在前院門口，來來往往的人都每天見到一堆胡亂堆砌的家俱在她家前院風吹雨打的。

麗莎說：“我們這個好社區，人都很禮貌，很少有這樣的家庭，對她這個樣子也只有側目而視，不過背後估計都是在議論她的。”

她女朋友走了以後，她才消停下來。後來，她也搬出了她母親的家。沒想到疫情一來，又搬回她母親的家了。這次不知會不會又有什麼戲劇性事件發生？

戲劇性的事件還是發生了的。

有一次，朱莉散步回來，在她家門口發現堆著很多的飲料。把門口都堆滿了。那些飲料足夠一個開派對的家庭比如十幾口人，吃上一二個星期。而她家滿打滿算，也只有三個人，怎麼需要這麼多的飲料。

朱莉覺得這事挺神秘的。好像她的家裏住著不止三個人，而是住著一個小分隊。

朱莉自從覺察到女鄰居家的神秘後，去查了查她家的地圖以及她家是什麼時候搬入的，她家買的時候房價多少。

她家的地圖和搬入時間和房價，也很奇怪。

她家是 20 多年前買入的，但買入價只有幾千元錢。與這個社區房價普遍七八十萬，一百多萬的房價根本不相匹配。

從這個房價上推測，應該就是她家親戚像征性地賣給她們其實是送給她們的。

這樣賣房時能少交房產交易稅，等於是白送。類似於房產繼承，不過是在賣主的生前進行。

而她家在地圖上也與別人家在地圖上有明顯的區別，在地圖上，她家與朱莉家之間，有一條很深的黑線，也不知道是裂溝還是什麼，那條裂溝如此之長，一直延伸到她家對門的鄰居那兒即房產經紀人馬娜家。在現實中卻是朱莉家與她家之間完全是連接在一起的。既沒有裂溝，也沒有什麼隔離帶。只有她家的高柵欄把她家與朱莉家隔離了開來。而女鄰居與她的對門鄰居家馬娜家隔著一條路，那也是一條普通的路，從朱莉家前面一直過渡到對面，之間沒有任何特殊之處。

所以朱莉也不知道這條深深的裂溝一樣的黑線在地圖上代表著什麼。就好像是那地圖被人從哪兒用手動切除了一條線，而露出了底圖上的黑色。在地圖上肉眼所見這麼深的一條黑線，到現實中應該得是一條很寬的裂溝之類的了，但是，現實中卻根本沒有裂溝之類。

朱莉查的可是 Google 地圖，應該來說是不會犯標錯或印錯的錯誤。

但出於前一年傳出的消息：說是在大選之年，選舉後，有大批民眾去華盛頓國會山門口抗議，用 Google 地圖導航，據說再也找不到去國會山的圖線。大批不熟悉華盛頓交通的民眾只能在華盛頓城市裏面打轉。

從這個遙傳的消息看來，Google 地圖有時也是不可靠的。有人能做手腳。

但如果是鄰居家的那處 Google 地圖被人做了手腳。那麼就有問題來了：

1. 是誰做的手腳？
2. 鄰居家為什麼那麼特殊？
3. 在那個黑溝中，有什麼東西隱藏著？
4. 是什麼人知道鄰居家的地理位置那麼特殊，而且能指使 Google 公司來做這種事？

朱莉又想到了那天在鄰居家門口看到的堆積如山的飲料。開始懷疑鄰居家裏面其實住著很多人。

如果她的猜想是真的，那麼那些人是准？那些人與

Google 地圖上的那條深溝有什麼關係？

因為朱莉不再信任 Google 地圖，朱莉又找了別的地圖查了查。比如 Quest，那是她來美國時，最早用的地圖。朱莉 2003 年初來的美國，那時中國還沒有類似這樣的地圖，去一個地方，只要輸入起點和終點，Quest 就能打出開車路線圖來。

她家剛到美國的那幾年，去佛羅里達，去波士頓，去費城，去紐約，甚至去華盛頓城裏旅遊，都會事先打出來回路線圖來，朱莉那時候感覺真是方便，果然與中國比，美國的科技在這一點上先進不少。

不過後來，隨著 Google 地圖，GPS 的興起，Quest 就落後了，打出的路線沒有 Google 那麼智能，那麼有更多選項。Quest 才逐漸退出了朱莉的生活。後來，再加上智能手機的興起，還有蘋果公司的地圖以及各種其他地圖可以選擇，Quest 更是好久沒再用了。

但是，現在朱莉既然對 Google 地圖產生了疑問，她又去求助於老 Quest 了。

結果發現在 Quest 地圖中，那條裂溝狀的黑線，也是出現在朱莉與女鄰居家之間。

這是什麼神秘的黑線？裏面隱藏了什麼秘密？是什麼人在操控？在什麼人能指使 Google 和 Quest 操控？

那麼如果朱莉的懷疑是真的，是真有什麼人在操控的話，那就不可能是一般的人在操控。那得是國家級別的人才能有這麼大的權力操控。因為那兩家公司都是私企，要操控私企，連美國總統都做不到。除非是什麼

FBI 等游離於白宮權力範圍的部門，以國家安全的名義才能做到。

那麼，如果真的是 FBI 之類的部門在操控，那麼問題又來了：

她家與女鄰居家為什麼會涉及到國家安全了？到底是什麼事，什麼人引起了 FBI 等人的關注。

那家女鄰居對門，也是做房產經紀的華裔家庭。

那個華裔家庭的女房產經紀人，經常在報紙上登廣告。可能是因為生意不太好，只能拉到生客，所以才需要常年打廣告。

朱莉與原房主王健簽購房合同時，王健曾經告訴過她那個房產經紀人的名字，叫馬娜，並說，他有時會找他們借沖車的工具。

因為那個房產經紀人經常在中文報紙上打廣告，所以朱莉一聽她的名字，就與她在報紙上的照片對了起來。

但現實中，朱莉卻從來沒與她打過交道。

只有幾次，看到那個房產經紀人馬娜在修剪自己家門口的一棵九重櫻。

還有一次，是她家門口修管道，結果不知怎麼回事，把管道損壞了，水都溢入了朱莉家的地下室，朱莉家對門的鄰居何塞家也被淹了，聽何塞說，可能還淹了其他幾家。最後管道公司賠了一些錢。

朱莉雖然沒有與馬娜打過交道，但是有時候不免會對她家門口的那條路有點想法。

朱莉買房前，稍稍學了一點風水的知識。知道房產經紀人馬娜家門口的那條路，在風水上來說叫反弓，是大凶。好在這個反弓並不是很大。但畢竟還是反弓。

而朱莉家門口，那條路卻是一個正弓，是吉利的。但是這個正弓也不是太大，說明朱莉家對門的鄰居何塞家的反弓也不是太大。

馬娜有個兒子，有一天朱莉在社區散步回來的路上見到的。看到他長得細細高高沉默少年樣子，背著一個書包，可能是剛放學，或從一個課外班剛回來。總之第一印象是一個老實聽話又沉默可能還稍有點軟弱的典型的華裔男孩子。

也沒作多想，只想了想：原來那家房產經紀人的孩子還這麼小啊。

因為想像中，那個房產經紀人應該遠遠比她年紀大，所以她的孩子應該都是差不多成年有工作了的樣子。沒想到只比龐蕤大一二歲的樣子。

十八．房間邊的嘈雜聲和送油的人

社區西邊的那部分人家是有燃氣管道的。而朱莉他們所在的東邊的那部分人家則都沒有通燃氣管道。

社區都是靠燒油取暖。可能是因為以前油便宜，每家每戶都有一個大油罐，一個大油罐能裝 270 多升的油。

現在油貴了，能改成燃氣的住戶都紛紛地改成燃氣了。在像朱莉家這邊的就不能改成燃氣的，只得選擇送油公司送油。

朱莉家本來想過改成用電的，但據說用電的話，冬天電力不足，不足以供暖。所以最後還是沒改。

其實朱莉對這家送油公司一直不是很滿意，但她不到萬不得已，總不願意折騰這些生活的瑣碎，所以一直都還在用那家送油公司：Petro Express （石油快遞）。

朱莉好像曾幾次聽到就在放置油罐的位置傳來嘈雜的聲音，好像是有人撥開各種枝椏雜草的聲音，有樹枝擦劃到外牆的聲音。

雖然心生疑惑，但終究沒有出去察看一下。

後來朱莉再回想起這個細節，她再次疑惑，會是誰呢？誰在那兒幹什麼事？

她跑到油罐放置的那面牆仔細地去驗證了一下。

那面牆上全是各種表和線。有水錶和電錶，有電線和其他她認不出的線。可能是網線什麼的吧。

以往，朱莉對家裏的這些水電暖氣網路電話車子銀行稅收保險房貸租金等事務一點都不用操心的，都是龐文彬在處理。

所以現在她對這些個線那些個表都是不懂。但她知道如果真有人在那兒搞些什麼事的話，那可能就會涉及到她家的水電電話網絡的使用和安全。

是誰？最大的嫌疑人是送油的人。也可能是隔壁女鄰居請的割草和打理院子的人。

幹什麼？為什麼要動她家的水電電話網絡或查看她家的水電電話網絡？

這就沒那麼容易理解了。

如果真的有人在關注她家。那麼也許也可以解釋了她家在這麼安全的社區，曾有一次家裏進了小偷，翻亂了她家的各種抽屜櫃子，但卻沒有偷走什麼。

人說，賊不走空。而進她家的賊卻是走了一趟空趟。雖然她家確實也沒現金，也沒什麼值錢的東西。

但冒著這麼大的風險，卻什麼都沒偷走，也是一件不可思議的事吧。

但如果把那次小偷事件與外牆有人在查看或改動她家的水電電話網絡的事聯繫起來的話，那可能可以說明了什麼。

那說明：人家關注的不是從她家偷走一些具體的物品或金錢。

如果不是關注她家的物品或金錢，那麼關注的是什麼？

那麼那次小偷把抽屜櫃子翻得那麼亂是要翻出什麼東西來？

想要翻出什麼檔嗎？

那麼外牆如果有人查看改動她家的水電電話網絡的話，是想監控她家或者竊聽她家嗎？或者想通過她家用水電燃油的情況來知道她家裏到底有多少人？

十九．牙醫

原來，朱莉的醫療保險是跟隨龐文彬的。所以牙醫也是他選擇的那個牙醫。

牙醫姓潭。看上去長得很清秀的女士，但卻有爆脾氣。

當然，這是朱莉後來換牙醫的時候，上網查牙醫的評價，才看到很多人都這麼評價她的。說她脾氣不好，經常對患者惡語相向，讓患者遭受語言暴力。

朱莉才慢慢覺得自己雖然沒遭受她的語言暴力，但其實也遭受了她的恐嚇。比如，她常常用一種非常不容 致疑的語氣對朱莉說："你的牙周炎很厲害了，這樣下去，以後你的牙齒會一顆一顆都掉光的。"

把朱莉嚇得不知失措。

但讓朱莉動了換牙醫的念頭卻是從某一天洗牙時開始的。

朱莉害怕看牙醫，也包括洗牙。又加上網上所傳的，在牙醫診所洗牙，很可能被感染了病毒什麼的。更是對看牙有很強的顧慮。

但是，有一次她陪龐蕤洗牙時，看到這次給龐蕤洗牙的是一個小姑娘。朱莉說："以前沒見過你呀。"

小姑娘介紹說，她不久前才來這個診所工作的，現在每天只工作三天。

小姑娘手法很輕柔，語言溫柔，把龐蕤洗得開開心心的。

朱莉說：“我因為害怕洗牙，所以很少來診所洗牙，雖然都是有牙醫保險。但現在看你動作溫柔，也許下次我可以讓你來給我洗牙。”

小姑娘說：“可能有的人洗牙用力比較大，不太顧及洗牙人的感覺，我就比較小心，洗牙會比較輕柔，不會把您洗痛的。”

又說：“洗牙有很多好處，可以防糖尿病心臟病各種慢性病，您最好定期來洗牙。”

小姑娘的手勢確實很溫柔，朱莉覺得如果讓她洗牙的話，還挺放心的。於是問她，她一般是哪幾天工作，下次洗牙，她可約一個她的工作時間。

小姑娘就去查時間表。順便跟朱莉說，她建議朱莉洗完一個普通牙後，最好也約一個深洗，說：“你上次深洗的時間是二年前，今年應該又可以深洗了。”

朱莉非常納悶，“不可能，我從來沒在這兒深洗過。我正常的洗牙都害怕，如果深洗過，我怎麼自己會沒記住。”

她又去翻了翻記錄，說，“這記錄裏有你深洗的記錄。”

朱莉說：“沒有這個可能性，除非是你們診所自己報上去的。反正我沒在這兒深洗過。”

這麼正常的對話，驚動了潭醫生，潭醫生當下就過來問，怎麼回事。朱莉說：“她說記錄裏有我二年前深洗過，我根本沒有，我就是因為怕洗牙，都很少來你們診所洗牙，哪怕醫療費都可報銷的，我們自己不用掏錢。更不用說深洗，我自己深沒深洗過，怎麼會不清楚呢的。而且你們診所的老闆以前說，我深洗的話，得打麻藥，還要把牙齦割開來一點才可深洗，別說真洗了，我聽著都已經心裏打起了哆嗦。”

潭醫生聽了，沒有吱聲，臉色很不好，又回到了自己的診室。

朱莉也沒在意，反正龐蕪也已經洗完牙了，也知道那個小姑娘是星期一、星期二和星期四上班，就去前臺約了一個下星期小姑娘在的時間，就回家了。

過了一星期，朱莉自己來洗牙。剛好是小姑娘應該上班的天，但卻看不到小姑娘了。而是一個年輕的男醫生在那個小姑娘應該在的診室。朱莉覺得好納悶，那小姑娘才來不久呢，怎麼又不見了。

問了前臺，前臺閃爍其詞地說，她走了。

朱莉心裏充滿了疑惑。才來不久，又走了，肯定不是自己走的，那一定就是老闆讓她走了。為什麼讓她走，那小姑娘又耐心態度又好？

前臺說：“我們這個新來的男牙醫也手法很輕柔的，你不妨讓他給你洗一次。”

另一個洗牙的人，是個越南裔的乾瘦中年女醫生。英語說得不是很利索，每次去都見她板著一個臉，滿臉寫滿了不樂意和不開心。看到人家牙齒不好的，還嫌棄地以訓斥的口吻說：「你的口臭我隔著口罩都能聞到。」

就好像洗牙者不是來給她所在的診所賺錢的，而她每看一個病人都要付出巨大精神損失的感覺。一時間不由讓人懷疑顧客才是上帝還是牙醫才是上帝。

即使碰到龐蕤這樣年輕牙好的洗牙者，她的態度也是不高興，不樂意，不耐煩，所以朱莉肯定是不想讓她洗牙，那就沒有別的好人選了。只能讓這個年輕的男牙醫洗了。

但朱莉對那個小姑娘為什麼突然離職，一直想不明白。明明上星期還幹得好好的，怎麼突然就離職了。

會不會是因為她說了根據記錄朱莉在二年前深洗過，而朱莉非常肯定地否定了她在這個診所深洗過。

會不會這個診所在騙保險公司的錢，說她深洗過，從保險公司拿到保險公司應該支付的 60%的深洗費，而沒讓她本人知道？

如果讓小姑娘知道那家診所在騙保險公司的錢而去告發的話，那診所這麼做是犯法的，所以趁小姑娘還未多少瞭解診所真相時，先把她炒了？

不過，這一切只是朱莉在心裏無端猜測而已，她沒有任何證據。也許只是小姑娘沒看清楚。

朱莉只把那個疑問在心裏存了一陣子，就把這事給忘了。

但是，半年後，朱莉的牙齒出了問題。有一顆牙鬆動了，而且牙痛。

又去了那家診所，做完 X 光。潭醫生說："你那顆牙沒得救了，必須撥了。"

撥了牙，潭醫生冷冷地說，"你的牙周炎很嚴重了。你如果不治，到時牙齒一顆顆都會掉光的。必須深度洗牙。"

至此，朱莉又提到了上次小姑娘說她兩年前深洗過，但她實際根本沒有深洗過的事。潭醫生說："那有可以是那個小姑娘看錯了，也有可能是你先生洗的，你們的保險卡都用的同一個。"朱莉想了想，好像是想起來她先生二年前說過深洗牙齒的事。

"那即使是我先生洗的，也不能放到我的名下來吧。這牙齒誰洗的就是誰洗的，怎麼這也能搞錯的。"

潭醫生翻了翻白眼，沒接話。又低頭檢查了一會說：

"你的牙周炎太嚴重了，我不能給你深洗，我給你推薦一家專家門診，你去找那家診所吧，那兒有一個華人醫生，懂中文，你可去找他。"

朱莉的心還在兩年前她深洗的紀錄裏。說："如果我兩年前真的深洗過，那麼這牙周炎怎麼可能如此嚴重，既然你說很嚴重，那不是更說明兩年前我沒深洗過，你們診所是怎麼搞的，這醫療紀錄都能亂做的？"

譚醫生沒有搭話，只是把朱莉推薦給了另一家她完全 陌生的牙醫。

朱莉經此看了這個牙醫診所後，覺得必須換一個醫生了。

她是怕麻煩的人，也怕變動，潭醫生所在的診所一直用著，只是因為習慣。

現在既然她把她推薦給一個完全不熟悉的診所，那她還不如自己找一家自己覺得不錯的診所。誰知道潭醫生推薦的診所會是怎樣的診所呢，這其中會不會有利益鏈的輸出？既然那也是一家對朱莉來說全新的診所，不如自己主動找一家好的診所。

朱莉是從那時候起，才開始自己找一家評價好的牙醫的。她也順便看了一下自己所用的診所的評價如何。不查不知道，一查才知道原來網上對潭醫生的評價如此之差。

可能是在中國國內當醫生的經歷造成的影響吧，中國國內，醫生只拿工資，所以對病人的態度是完成根據醫生自身的素質的。治多少病人，也只領這份工資，做得好與不好，工資的差別也不會多大，所以造成她的態度非常不好。

評論裏有說她語言暴力，有說她人身攻擊的，有說她對待牙壞的人如同對待罪犯似的，朱莉才知道，相比於那些人，她在潭醫生那兒得到的待遇還算是不錯的了。

這同時也更堅定了她換牙醫的心。

再加上她那幾天上網查牙周炎的資訊，確實也被那些資訊嚇死了。想到自己的牙齒到時就要一顆一顆地掉落，冷汗都快流下來了。

上網查了查那些評價好的，懂中文的，很快有了幾個人選。然後她把有很多評論的診所默默地又排除了。當一個診所有很多好評時，有時不得不懷疑一下，這些評論是真的評論還是買來的評論。有些評論人顯示他已經為很多人做過了評論，這些人就比較值得懷疑是專門給人做評論的了。而且評論多說明那家診所看牙的人多，當看牙的人一多，能分配給每個看牙的人的時間就會很有限。最後，朱莉選定了評論很好，但評論的人並不多的診所。而且評論的人都往往一個帳戶只給出了一次二次的評論，說明評論是真實可信的。

朱莉第一次去那家牙醫診所時，有兩個一正一反的感受。正的感受是：那家診所就是她想去的那種診所。其中的一間，上面有一面牆壁的大玻璃，陽光照進來，照在牙醫的就診床上，突然有一種很安詳的感覺。對面的牆是一大幅樹林和瀑布的風景圖，曬著陽光對著樹林瀑布風景圖，朱莉似乎能聽到樹林裏傳來了鳥鳴聲。這一下緩解了她的神經。讓她覺得來對了地方。

反的感受是，因為整個診所就劉醫生一個人就診，除此以外，就一個助理，那個助理既要當前臺，又要當助理，又要接電話，所以衛生的消毒狀況就有點讓人憂心。特別是當那個助理接完電話，也不換手套，直接就又來接著做助理時，朱莉的憂慮就會更深一些，就不能換一幅手套再來作助理工作嗎？又花不了幾個錢。

但劉醫生的耐心及診所裝修狀況還是讓她堅信她的選擇沒有錯。

而且劉醫生檢查完她的牙齒後，說朱莉牙齒的表面都很潔淨，說明她每天有好好刷牙，就是可能是比較容易長結石的體質，又從來沒深洗過，所以牙齒的裏面長了一些小結石，又進一步造成病菌的堆積，只要好好深洗，以後慢慢保護牙齒，牙齒還是會好起來的。

這是朱莉第一次聽到牙醫誇她牙齒的，說明她牙齒也有可取之處，表面的潔淨工作做得不錯。從潭醫生那兒，從來只聽到她的恐嚇。而且劉醫生說，如果好好做一次深洗，然後，好好保護牙齒，牙齒還是有可能健康起來的。這麼一說，讓朱莉對自己的牙齒又產生了信心。

深洗要分成二次。第一次就在那個充滿陽光的診室裏進行的。

朱莉神經很緊張，全身的肌肉繃得緊緊的。劉醫生大概能看出她的緊張，就在一旁細心地提醒她放鬆下來。朱莉感覺自己生活中很多的時候也都是處於肌肉繃緊的狀態。大概人在國外，無依無靠的，人不知不覺就繃緊了自己的神經。再加上朱莉本身就是容易緊張的體質。每次面試，她都能感覺到自己的嘴裏都是乾的。高考前，就有一個多月的時間失眠，被診斷是神經衰弱。實際上也是因為神經過於緊張造成的。

再聯想到她心臟的室狀性心動過速的毛病，據說也不是心臟的毛病，而是交感神經和副交感神經的電信號傳遞錯誤造成的。可能也是緊張的原因造成的。

她從小學到初中二年級之間想不起來有這種毛病。雖然後來的檢查認為是先天性的，心臟那兒多了一個旁道，但想來如果不刺激它，心臟也能自我運行得好好的。

初二以前，大概生活中沒有什麼可緊張的事吧，所以根本就不知道她自己有這種毛病，等上了初二以後，想的事多了，該擔擾的事更多了，神經緊張的時候更頻繁了，所以才激發出了這個先天的毛病吧。初二開始，有中考的壓力了。而要維持第一名的成績更難了，正是因為種種的壓力和憂慮，從初二以後就開始了這種毛病。

但以往得了這種毛病，朱莉的母親也不知道是怎麼回事，以為是她餓了，或者累了，都沒去醫院看醫生的，就請假在家裏躺一會兒，一般就自己好了。

直到高一有一次發病，在家裏躺了很久都還未好，才送到當時鎮上的醫院。醫生一測血壓，都低到不能再低了，嚇壞了，趕緊叫了救護車，讓送到寧波的大醫院去。

朱莉的父母從沒見過這等架勢，不知道如何是好。還是讓朱莉的伯伯陪著去的，朱莉的伯伯在鎮政府的市場部門工作，以前自己和人合作開過廠，算是一個見多識廣的人了。朱莉的父母覺得讓她的伯伯陪著去，朱莉就有一個主心骨了，就不會害怕了。再加上要送去的醫院，有她伯伯的女兒即朱莉的堂姐在那兒工作，也有她伯伯的兒媳婦在那兒工作，所以等於還在她伯伯的勢力範圍內。

朱莉的伯伯安慰她說："別緊張，到了醫院就沒事了。"

朱莉這是平生第一次坐救護車，聽著救護車嗚啦嗚啦的聲音，看著車外的人向救護車投來的注視，朱莉覺得生活挺荒誕的。印象中看到救護車，都會想像裏面是一個垂危的人，而現在這個想像中在救護車裏面垂危的人居然是自己。而自己除了覺得心跳得快了點，疲憊想睡覺之外，一切都好好的。

從朱莉所在的小鎮到達寧波的醫院，有四十分鐘的車程，到了醫院，朱莉的心跳都已經好了。而一旦好了，心電圖什麼的都是正常的了。

醫院的醫生本已經等在車外，想接到一名需爭分奪秒拯救的人，結果卻接診了一位各方面指標都是正常的正常人。言下之意，就有點責怪小鎮的醫院就是有點小題大作了。朱莉都被搞得有點不好意思了，真希望到醫院的時候還是在心跳，這樣大醫院也可知道這不是一件小題大作的事了。

後來，醫生說：要把她的症狀再激發出來，這樣就能知道是什麼病了。

選了一個日子，醫生把她的症狀又激發出來了，也就診斷出來了她的毛病。但是，那時候，中國還沒有射頻消融的解決手段，醫生說動手術的風險遠大遠該毛病造成的風險，所以醫生說不需要治療，告訴了她一些一旦發病如何處理的技巧。比如，一旦感覺心要跳起來，就趕快咳嗽，用手刺激舌根，壓迫脖子大動脈等方法。

因為有這種毛病，在高考前給朱莉造成的心理壓力很大。那時候，中國高考就是千軍萬馬過獨木橋，朱莉的那屆高考達標率只有百分之二十。五個人只能有一個人考進大學，這還是在中考時已經刷掉了大部分人後剩下的高中生，而且這還是全國範圍內的平均數據，而浙江的數據，只可能比這個百分率更低，因為浙江雖然不在競爭最激烈的省份，但在全國來說，還是屬於競爭很激烈的省份的。而朱莉還有一個與別人相比的劣勢，那就是一旦這種室上性預激發生，她就必須得休息或送醫，是不可能繼續考試的。而對絕大多數的考生來說，一輩子的高考就那麼一次。而朱莉的這種病是突發性的，不可預計的，高考這種讓人精神緊張的氛圍更可能造成這種病的突發。

心理壓力加事實上的一個多月來的失眠和神經衰弱，讓朱莉沒能很好地發揮水準。再加上朱莉她們那一屆是先估分再填報考志願，而不是先知道了自己的高考成績後才報的志願。種種的原因，使朱莉沒有考到好成績，又加上遠遠地低估自己的高考成績，使得朱莉只報了一個有降分可能的師範學院。

深洗這種對很多人來說沒什麼的事，在朱莉這兒就又是一件讓她神經緊繃的事。

好在，劉醫生很有耐心，可能也是要爭取第一次來看病的客戶吧，如果能讓客戶第一次來就診時滿意，那這個客戶很大的可能就會成為長期客戶。而朱莉更是從另外一個診所轉過來的，而且是看了網上的好評轉過來的，所以劉醫生和助理也是盡她們所能，要把朱莉的牙洗好。

因為事先先打了麻藥，所以朱莉對在她口裏所用的各種工具都沒什麼痛感。劉醫生和助理事先還替朱莉測了牙齦深度。這是朱莉在另一個診所所從來都沒測過的事。原來的譚醫生，雖然經常恐嚇她有深度牙周炎，但從來沒有給她測過牙齦深度，而譚醫生則每顆牙齒都做了深度記錄。已經有多顆都在 4-7 之間了，1-3 表示輕度，4-7 表示中度，再深就表示重度牙周炎了。測了以後，朱莉心也比較放下了些，畢竟最嚴重的牙醫也才到中度，只要好好洗，好好保護，還是有恢復健康的可能的。而不像譚醫生恐嚇的那樣，牙齒會一顆一顆掉下來。正因為與潭醫生有了一個顯明的對比，所以朱莉更接受劉醫生提出來的治療方式。

而且劉醫生因為沒做廣告，診所也沒有別的醫生，所以來看牙的人並不多，這也保證了她可以給每個看牙的人充足的時間，有充足的時間做介紹和做檢測。

當然，到朱莉後來再訪問劉醫生時，她也明白了，她的態度在朱莉第一次就診時是最好的，因為是為了獲得長期客戶，從第二次開始，態度與第一次相比就要遜色一點了。當然，與譚醫生比，還是要好了一個等級。

第一次洗完後，朱莉又約了第二次的洗牙時間。還是約在中午。因為朱莉他們的上班時間是靈活機動的，所以，朱莉可以不用請病假，洗完，等消腫了以後，再去上班即可。

不過，第二次洗牙後，等朱莉回到家，發現手機上，家裏的電話，都已經有她的上司帕特爾博士打來的幾個留言了。

"什麼事這麼急？"朱莉心裏有所不滿，畢竟這才是中午時間，無論如何，她的上司可以猜想這個時間她正在吃飯。

朱莉連忙打了一個電話過去，問什麼事？她的上司帕特爾博士說：他想找她改個介面，但卻發現她不在公司，問別人也不知道她去了哪兒，所以就給她打了電話。

朱莉說："修改介面的事這麼急嗎？我剛去牙醫哪兒了。現在臉上麻藥還未退，正腫著呢。你可能也可聽出來我現在說話還有點吐字不清的樣子。我就是覺得這個樣子不好看，所以沒有洗完牙直接去公司，想等麻藥消退了以後再去公司，如果你真這麼急的話，我現在過來也可以的。"

結果帕特爾博士又說沒那麼急，他只是要知道她去哪兒了而已。朱莉心說，怎麼這麼怪，我去哪兒你都要關心。難道我就不能去你不知道的地方嗎？

心裏嘀咕歸嘀咕，還是謝了他，說："那既然這樣，我等會就去公司吧。"

那時候疫情才剛剛在美國起來。而美國人還沒有戴口罩的習慣，公司已經聽得有人在她所在工作的辦公室咳嗽。

朱莉心說，這也不知道他們得的是普通感冒還是新冠。朱莉在中國的父母這時候都讓朱莉一定要出去時好好戴口罩，但接著紐約又傳來戴口罩的亞裔被打的消息。

朱莉從那時候起，開始就請病假在家上班。還未等她回公司上班的時候，公司已經正式宣佈除了幾個必須要在公司工作的，都在家上班了。

所以朱莉自從第二次洗牙後去了一趟公司，就一直在家上班了。

本來牙醫診所還需有一次預約的，朱莉一想，疫情開始，牙醫診所是最可能感染的地方，因為病人必須摘了口罩才能看牙，而自己也已經深洗了二次了，兩邊的牙都算是洗完了，第三次屬於後訪及一點其他治療，可去可不去，所以打了一個電話過去，把第三次的預約推掉了。

朱莉沒想到，這一推，再拜訪牙醫診所是在二年以後的事了。

而那時，已經物事人非，生活重新安定下來，疫情的恐慌也已經過去。

在那期間，她曾帶女兒去看了她以前的那家診所牙醫，及一家全新的家庭醫生診所。

疫情後接下來發生的一些事，讓她疑心大發，甚至懷疑與她的牙醫診所也有關系似的。因為這個疑心，所以使朱莉一直推遲了去看牙齒的計畫。

直到後來，生活重歸平靜，一切都上了軌道，一場惡夢好像已經完全醒來，她才又去拜訪了那家診所。

那時候，那家診所的生意已經比二年前還要好了。至少她去的時候能見到在她前面的患者，而還未看牙結束時，又能見到新的患者進來了。

相應而來的是，劉醫生的態度也沒像以前那麼好的。

而原來在朱莉看來的隱患卻還未曾改正：助理常常在病人的手續中間去接電話，而接完電話，卻不更換手套。

當然，與朱莉之前的那家診所比，態度與時間的寬鬆度還是好了不少。

朱莉本來想把龐蕤和龐文彬也都推薦去這家診所的，但看到這個診所的一些變化，她還是打消了這個念頭。因

為這個診所畢竟是在他們保險的計畫外面，如果用這家
診所治療，從自己口袋所掏的錢會把在原來診所所掏的
錢貴。

朱莉自己等於是多花錢買劉醫生更好的服務。但一旦多
花的錢買不到很多更好的服務的時候，就對把那家診所
推薦給她的女兒和先生的動力就不足了。

二十．送油的人

這是一家已經存在一百多年的送油公司了，叫 Petro Express （石油快遞）。送油的人湯姆已經摸清了其中掙錢的門道。而在朱莉這家，這些年來，送油的人可沒少撈到油水。

湯姆隨著這家公司的發展，開始老了。他從高中畢業就在這家公司一直工作，一恍，幾十年過去了。

之所以他還在這家公司工作，是因為在掙工資之餘，他可以在送油的過程中掙到外快。

他已經確定這家女主人是個糊塗蛋。收到帳單不管上面寫的是多少錢，她都是照單全收。不光按時付費，而且零投訴，十幾年來，一個投訴電話都沒有，她甚至從不聯繫石油快遞公司。

除了一次。那年是大華盛頓地區這幾年來最寒冷的冬天，氣溫都降到了攝氏零下十多度，這在大華盛頓地區冬天最低氣溫平均攝氏零下二度華氏二十八度的歷史上來說，也是比較冷的冬天。他所在的公司送油不及時，女主人又是糊塗蛋，從來不去看油還剩多少，居然把一罐近三百加侖的油都燒光了，沒有了暖氣，她才打電話給石油快遞公司讓趕快來修復。

但他最喜歡這種從來不看油還剩多少的客戶。這樣的客戶，他才能放心大膽地做手腳。比如，加油時，把上次加完的油不清零。再比如，把別人的加油量算作是她家的等等。

她家的地址在他的小本本上記在綠色一頁。每年冬天，至少能從她家多掙外快一千美金。

但，現在他開始對這家女主人是否是個糊塗蛋有點懷疑了。因為，有一個特殊的客戶找他針對那家女主人做一件事，他出錢。客戶自稱約翰。是為政府做事的。當然對於這一點湯姆是很懷疑的，因為美國政府再不怎麼地道，也不會如此明目張膽地自稱政府的人而對一個普通公民私下裏做一些手腳的。如果真的是政府的人，他也肯定不會說是政府的人。

但他沒有反駁約翰。他為什麼要反駁他？他剛好需要一個理由讓他收受錢財的良心好受一點，而約翰提供了這個理由。那他假裝就是在幫政府做事，順便掙一點錢好了。

要做的事很簡單，簡單來說，就是下次送油時，他要跟湯姆一起去朱莉家送油，然後，由他約翰來加油而不是湯姆來加油。就為了跟著加一次油，那人願意出五萬美金。

為了自己尚未泯滅的良心，湯姆緊緊盯著那人在油罐邊上的各種行動，以防他做出對那家女主人有害的事。畢竟，這麼多年來，他統共才從那家多掙了一萬美金左右，這次也不過五萬美金，為了這麼一點錢，他可不想讓女主人有什麼大的損失，特別是如果這事是因他而引起的話。

放心了。從加油車往那邊看過去，雖然被一叢迎春花擋著，但冬天的迎春花都已經掉了葉，從疏朗的光禿禿的枝條看過去，約翰除了正常加了個油，好像還在什麼地方接了一根線。接線處就在迎春花叢旁邊的外牆。接線時間前後不超過二分鐘。

為了給女主人留下個警示，湯姆故意留下了一張比平時價格高得多的收據，期望女主人會產生警覺，然後查看油罐，也許會發現在那牆上多出了一根線。

"靠給人加油，你沒少掙錢呢。"約翰回到加油車，看著湯姆列印油價，好像知道他的伎倆，不無諷刺地加了一句。

天地良心，這次湯姆真的不是想掙這個錢，五萬美元已經足夠多了。他真的只是想給女主人一個警示。

他在想他會收到一個投訴電話，從朱莉家打過來的投訴電話。結果他失望了。那家女主人照樣按上面的價格迅速地支付了油錢。

下個月，他再去加油時，就沒人跟著了，但五萬美元只為了裝一跟什麼線的事一直困擾著他。

他又給留下了一張價格高得離譜的收據。如果被投訴了，說明她已經開始對送油的人產生了懷疑。

結果，他還是收到了朱莉支付的油價。這次，只是慢了一點。

湯姆已經到退休的年齡了。除了在加油時耍點小滑頭，他基本是一個守法的公民。這收的五萬美元讓他心裏不安，怕會給朱莉造成什麼麻煩。

而朱莉好像一點都沒察覺。這一方面給了他安慰，至少說明朱莉沒出事，另一方面也給了他折磨，因為他不能置身事外，畢竟他知道有人盯上了朱莉。

他很想就此退休了。眼不見為淨。但他又想確保朱莉是安全的。而要知道她的狀況，他唯一能做的是冬季的每個月給她去送一次油。然後把帳單送到她的門口。如果她恰好在，她就會開門收帳單，如果她恰好不在，他就會把帳單塞在她的門縫。

油罐車發出的聲音是很大的，如果她在家的話，她肯定能聽到油罐車的聲音。有時候，為了確認她好好的，他甚至把她家的油和她前後左右鄰居家的油錯開來加，這樣加她家周圍鄰居的油時，他也可知道她家的動響。

朱莉只覺得這個冬天的油實在太貴了。油罐車發出的聲音比平時大，而且油罐車比平時來得勤，經常能在附近鄰居的門前見到油罐車。

她不知道油罐車加油還有這些貓膩，總以為油和電一樣，都是讓付多少就付多少。可能今年的油價實在太貴了吧。

但湯姆不知道，朱莉其實是聽到了那次裝那根線的聲音的，那天，朱莉突然聽到迎春花叢那面的牆上發出了巨大的嘈雜聲，好像是撥弄樹枝擦過牆壁的聲音。但又一想，即使有樹枝擦過牆壁的聲音，怎麼可能這麼大聲。她之所以沒有出去看，是因為相信光天化日之下，能有什麼事情發生？而且這種像樹枝擦過牆壁的聲音，她好像已經不至聽到過一次了，以前也在那個方位，也是傳出過這種巨響，以前也是沒出去看，後來也是不了了之。也沒發生什麼事情。所以那次也只是在心裏疑惑了一下，沒有出去看個究竟。

要一直到後來，朱莉對各種事情都開始產生懷疑後，她才去那面的牆壁仔細地去看了一個究竟。

二十一．邁克

饒是麗莎對社區這麼瞭解的人也不知道邁克的底細。

朱莉曾經問過麗莎，邁克的來歷，麗莎對他幾乎一無所知，甚至連他的膚色都有點吃不准。

邁克的膚色在朱莉看來也是很奇怪的。像是會變的一樣。以前記得他的膚色是偏黃的白色。但最近仔細看了，他的膚色竟然是偏黑色的。但他的臉型不是任何黑種人的臉型，而是典型白種人的臉型，可能是這個緣故，使得麗莎也對他的膚色也吃不准。因為如果你是從遠遠地看他，你一定會猜他是白人，但如果你仔細看過他的臉，你卻知道他的臉的顏色是偏黑的。

對朱莉來說，仔細思考了一下他的膚色又多了一些其他的疑惑：她曾經看到過不知是他的老婆還是誰，那是個典型的白人，而且她也見到過他看上去弱不經風的女兒，也是一個典型的白人，甚至這幾年，他的家裏有時還會出現一個剛會蹣跚地走路的小孩，大概是他女兒的孩子，那個小孩也是純粹的白種人。如果他是黑色人種，不可能女兒和外孫都是純粹的白色，雖然從概率而說，還是有很小的概率的，但這種概率微乎其微。

所以即使朱莉作為鄰居已經知道他的膚色，當麗莎問起來時，她也是本能地感覺到說不准。

從表面看來，邁克好像大多數的時間都是一個人生活，他的老婆或者伴侶很少出現，但這也是從表面上看起來的樣子。雖然是鄰居，朱莉居然也是不知道他的真實生活狀態的，甚至他老婆有沒有和他生活在一起也不知道。

每一個節假日，他家的門口總是冷冷清清。

但幾年前的一個夏天的週末，邁克家裏卻也曾熱鬧過幾次。有一次，是邁克家的一只白色的貓就趴在朱莉家與他家之間的草地上不動。有幾個人，幾個年輕人和邁克都想叫它過去，但它就是不過去。這時朱莉剛好出去倒垃圾。那個白貓卻朝著朱莉一邊喵喵叫著，一邊起身跑過來與朱莉親昵。

那幾個年輕人可能覺得這種情形很好笑，白貓本來是邁克家的貓，結果卻不願意聽他們的招呼回邁克家，卻仿佛是認了朱莉才是它的家人似的，都笑了起來。在笑聲中，朱莉倒是覺得有點窘迫。也不敢讓那只白貓跟她回家。

後來，想起來，那些年輕人中沒有一個是黑膚色的，都是白膚色。說明邁克的親戚或者打交道的人中沒有一個是黑膚色的，這讓他的膚色也成了一個奇怪的現像。

那年的其中幾個週末，他家總有一些年輕人。有時是一群年輕的女孩子，在邁克家的陽臺上彈彈唱唱甚至還有一些聊天的聲音傳來。

細想起來，邁克家也是有各種不可思議的怪現象呢。

邁克家的那只白貓，是放養的。可能邁克沒有精心照顧它，臉上總是髒得不行，眼屎都快糊住了眼睛。毛色沒有光澤。看不去不太健康。也許可能是老了的緣故。

出於同情，朱莉見到它，總要回家給它拿點吃的，並用不用了的碗給它裝一碗水給它喝，也可能是因為這個緣故，它對朱莉很親。

最早知道那只白貓是邁克家的，是因為有一次，龐蕤放學回家，那時她還剛上初中不久，匆匆往家裏抓了一把貓糧又跑出去了，問她幹什麼，說是門外有一只白貓好可憐，好像好久沒吃了的樣子，給它去喂一些。朱莉只從窗口往外看了一眼，還看到對面比龐蕤高一個年級的菲律賓裔的女孩子也用紙盒給它裝了一碗水在喂它，旁邊還有幾個坐同一個校車回家的孩子都在圍著，大概就是圍著那只貓吧。

再後來，是龐蕤匆匆地跑進來，帶著不開心的委屈臉向朱莉訴說："我們的鄰居女人好 rude（粗魯），我們正在喂白貓，她上來很凶地責問我們：'你們在幹什麼，你們在幹什麼，這是邁克家的貓，你們為什麼要去惹它？趕快放了它。'就好像我們在欺負那個貓似的，我們只是看到它可憐，想喂喂它而已。"

原來這個社區還有這麼粗魯的人，這倒是沒想到。朱莉讓龐蕤帶她指了一下是哪家鄰居，原來是朱莉對面右邊與朱莉家隔著兩家的第三家那個鄰居。

那以後，朱莉特意注意了一下那家鄰居，女主人看上去是一個不知道是俄羅斯還是烏克蘭裔人。因為聽到她在手機裏與人講俄語。

女主人看上去四十來歲的模樣，風姿尤存，年輕時一定是個大美女，不可想像這麼美的人居然會這麼凶地和幾個孩子說話。

大概她以為那幾個孩子會傷害到那個白貓吧。卻打擊了孩子們的一片好心和愛心。

那次事情後，才讓朱莉注意到了那個鄰居，也同時知道了原來那個白貓是有主人的，主人就是自己家隔壁的鄰居邁克。

有時候朱莉下班回家，打開車庫，白貓也會跟著走進車庫。現在既然知道它的主人就是隔壁鄰居，不是野貓，朱莉就不敢留它在車庫裏。

朱莉自己家也有一只白貓，是個室內貓，偶爾也會把它帶到室外看著它玩耍，把它寵上天了，真是見不得鄰居家的白貓受到這種對待，甚至連饑渴都成問題。但畢竟那是人家的貓，她也不好說什麼。

那一年冬天，天氣異常的寒冷，但見那個白貓依然出現在室外，它看上去已經很老，很髒，很冷了。朱莉歎息邁克這個主人是怎麼當的，怎麼可以讓它這麼冷了還在外面，那它與流浪貓又有什麼區別？

那天，朱莉把吃的，喝的提供給它，但它已經沒有胃口了。朱莉又去抓了一些貓的 treat 給它吃，它只象徵性地吃了一二顆，但分明整個肚子都是癟的。它又進入了朱莉的車庫，朱莉讓它在車庫裏呆了一會兒，但最後還是只能讓它離開車庫。畢竟不是流浪貓啊，如果是流浪貓倒是好辦，直接讓它在車庫裏住下就行了。但是，它分明是有家的，而家就在隔壁，把它留在她家的車庫就不妥了。

朱莉突然又想起那個很凶的說俄語的女人，要是讓她知道她把它留在車庫，是否也會沖朱莉一頓亂吼。說：

“這是邁克家的貓，你幹嘛要把它留在你的車庫？”朱莉甚至可以從想像中見到她怒氣衝衝的臉。

從那天後，再也沒見到那只白貓。

第二年的春天到了，也沒再見到那只白貓。朱莉心裏一直有點牽掛。卻見到鄰居家多了另一只黑灰雜色的貓和二只狗。

有一次，朱莉散步碰到邁克在溜二只狗時，趁機問：“你家不是有一只白貓嗎？最近怎麼一直沒見過它？”

邁克只是說：“它沒了——它很老了，已經十歲了。”

朱莉也不便再問下去。心裏卻是有點悲傷，十歲並不怎麼老呢。最主要是，她還想說：“既然知道它老了，為什麼那麼寒冷的冬天不對它好一些，不給它吃得好些，不讓它再出去了？”

但她知道，說什麼也沒有用了。再說什麼，那個白貓也不會回來了。

之前，朱莉只把邁克當作一個普通的鄰居，從來沒有把他的行為和不尋常之處作其他的聯想。

但一旦察覺到他的不尋常之處，她突然把過去看到的習以為常從不作多想的事都有了不一樣的看法。

比如，邁克和朱莉家後院的外面是一個野生的公園。從後院到公園之間又有樹隔出了一片空曠的草地。

那個草地按說是一個公共的空間，應該由 HOA（社區管理處）來管理，但從朱莉住進那個社區以後，那個地方都是邁克在割草。為什麼不是社區管理處派人在那割草？難道邁克就是社區管理處的人？但如果邁克是社區管理處的人，那麗莎一定聽說過他，因為麗莎是參與社區事務的積極分子。但分明麗莎對他知之甚少。

為什麼他要自己割？在那野公園處有一個池塘，旁邊也有一大片草地，那兒就有外來的割草工人經常在割草。從邁克家到公園雖然隔著一些樹，但那些樹都種得比較疏朗，樹與樹之間的空隙足以讓割草機開進來，雖然會有一些不方便。也許他與割草的工人有一個約定，那片草地由他來負責就好了，不必由割草工人來負責。

不知道他長期割這麼一片草地有沒有報酬？要是有報酬的話倒是也可理解，畢竟是掙錢的活。但是如果是義務割草，那就要為這個長期的行為打一個問號了，為什麼他願意義務長期地割那塊草？為了隱私？為了不受外人打擾？還是為了什麼？

二十二．南西

只有南西知道邁克的背景，南西就住在邁克的對面。

當年他們都是同事，這個 Sunset Valley （日落山谷）社區剛開始開發的時候，他們三個同事相約在這個新開發的社區買房做鄰居。

南西隔壁的芭芭拉也是她的同事。他們這三家在這個社區已經至少住了四十多年，他們也從年富力強的青壯年到了老年。這三人中，芭芭拉最老，邁克最年輕。但現在他們都退休了。

這個社區不知道是什麼個因緣，住著很多他們的同行。

比如比他們晚二十多年住進來的隔壁的菲律賓家庭的何塞也是他們的同行。

可能是房價剛好合適吧，這個社區的房價適合中產偏上中產家庭，優質的學校，不是貴得離譜的房價，恰好適合重視教育，又不想住小房子，房價又不是很貴的家庭。

雖然他們都退休了。但職業的敏感性還是存在的。

這個社區光是在他們住的的小道兩邊，就發生了很多事。這些事引起了他們的警覺。

最嚴重的一個事，就是那家房地產仲介馬娜的兒子猝死事件。

雖然連她家人都已經接受是意外，一件普通的猝死事件。但他們職業的敏感性當然知道，猝死很可能是人為造成的猝死。

雖然這個地方表面看上去風平浪靜歲月靜好，他們其實一直在緊張地注視著那家人的變化。

他們看到了那個女主人馬娜因為傷心過渡而搬家了。後來，很快，麗莎把她家的房子掛出去出租。

他們看到一家墨西哥裔的家庭住了進來。那個家庭明顯與這個社區的家庭有很多的不同。才住進來不久，週末就已經開了好幾個熱鬧的派對。那家有個兒子好像是開卡車的，還有一輛摩托車，半夜三更，甚至能聽到卡車發動機在哪兒突突突的空轉聲及摩托車的轟鳴聲。

這一家與整個社區是違和的。

與他們對面的鄰居倒是曾經相得益彰。

原來，只有他們對面的鄰居曾經是這個社區的異數，那家鄰居自從十年前她女兒搬走後，就恢復了平靜。現在新搬進來的租戶卻又成了異數。南西覺得，有什麼重大的事情正在社區發生。

這個重大的事情包括房地產仲介馬娜兒子的猝死事件。

這是一系列發生的事情中的一部分，所有此期間發生的事，都只是那個重大事件中的一個支節。

她靜靜地觀看著這一系列的變化。她看到了芭芭拉邊上俄羅斯裔鄰居家在慶祝孩子的高中畢業。她也看到邁克左手邊鄰居，即芭芭拉對面的鄰居在賣房，新搬進來了一家新鄰居，是一對年輕的夫婦和兩個年幼的一兒一女的白人家庭。居芭芭拉消息靈通地說，那家男主人也是他們的同行。

她雖然離職了，但她的同行如此密集地住進她的那個街道還是讓她的警覺性高度地強大起來。

這兒必定發生著一件非常大的不尋常的事。

是什麼事？

這幾家鄰居中除了她的同行，一家華裔家庭已經出事了。住進來一家奇怪的墨西哥裔的家庭。

而朱莉這家華裔家庭，在她眼中，現在也突然非常地不尋常起來。

那家華裔家庭本來在她眼中，是一家典型的華裔家庭。夫妻兩人都工作，一個女兒在讀書。他們是女兒要讀初中時搬來的，安安靜靜的一家，偶爾節假日會有幾家朋友過來聚會。他們家女兒每年過生日時基本上南西都是知道的，因為他們家女兒的生日每年必過，而且每年過得比較大，會請很多孩子過來。每當他們家女兒過生日的時候，就是那家華裔家庭最熱鬧的時候。因為會有不少孩子陸續地送來，有不少車子停在路上，而到要接的時候，這條路上都會停滿了來接孩子的車輛。

然後，突然，那家家庭就好像只剩女主人住在家裏了。男主人一年也就出現個一次兩次的。那家女兒好像也在外地上大學了，只有在假期才能見到她。

而以前偶爾的節假日的派對都幾乎不見了，更不用說孩子生日時門前的熱鬧。而那個女主人，好像平時除了工作誰都不接觸，把自己封閉起來的樣子。

甚至都不怎麼跟社區的人接觸。

以前，還能見到她經常在社區跑步，南西的丈夫在跑步時也碰到過她幾次。自從她的先生好像離家了以後，再也沒見到過她在社區跑步。

然後，有一天，突然，見到她的房前的那棵樹綁了一個無線的太陽能燈。晚上，路人或車子一旦經過，那個燈會突然亮起。嚇行人一跳。

芭芭拉和她的老公經常在社區散步，他們就說第一次曾經被嚇了一大跳。

後來，她的屋內架了一個沖著室外的攝像頭，再後來前面窗臺上又架了兩個無線的攝像頭。社區人的來來往往都會被攝像頭攝進去。

為什麼有這些變化？是因為那家華裔房產仲介孩子的猝死事件引起的嗎？

這些變化，讓南西都覺得非常可疑。與芭芭拉和邁克交流了後，他們決定要在暗中監視朱莉家的變化。

後來，南西隔壁菲律賓家庭突然在半夜裏搬空了，住進去很多在一線工作的同行。那些人偷偷地住進來，一點都不讓別人知道。只有南西這種原來幹這行的才知道她的鄰居家菲律賓裔家庭發生了什麼變化。

也只有她才知道，那些住進去的人架起有多少的最先進的儀器都對著朱莉的家庭，她在網上的每一個搜索，她在電腦上敲下的每一個字，她所用的每一個儀器，包括體重計、血壓計、血氧儀顯示的每一個數據他們都監控著。

饒是她做了好麼多年的此行，她都覺得這麼對一個公民的監控已經超出了合法的範圍。除非他們有證據確定對面的那個華裔女人有他們監控的理由。比如影響到國家安全等非常嚴重的事由。

但她想，也許他們也是為了確保她的安全需要吧。看來，那家華裔房產仲介家庭馬娜兒子的猝死確實不是一件簡單的事。他們可能是為了避免出現另一起這樣看起來的事故吧。

好在，那個華裔女人不可能知道她的對面有這麼多人緊盯著她的一舉一動呢。

這個緊盯，不光光只是緊盯著她的一舉一動，還包括緊盯著她周圍的人。

連送油的、收垃圾的、收回收的、收樹葉的、送郵件的、送貨的人一個都沒放過。連上門發廣告的、上門砍樹的、上門檢查白蟻的、屋頂公司的人都沒放過。

一時間，似乎這些人都舉止可疑起來。

收垃圾的人，好像特別地對朱莉家門口的垃圾更關心一點。

以前，收垃圾的人都會把垃圾筒直接拖到垃圾車一倒了事。現在是一袋一袋地拿出來的。而且照南西的看法，他們會把朱莉家的垃圾放在一個特定的角落，可能為了收回去垃圾後再作整理、查看。收垃圾的和收回收是兩撥人。收回收的人也分明在關注著從朱莉家回收的內容，從朱莉家回收回去的所有物品都是放置在一個特殊的位置。

從亞馬遜及聯邦快遞送的貨都已經不是直接送到朱莉家了。都要先送到南西以前工作的相關部門，由部門的同事假裝送貨員再送貨上門。

郵局的人也換成了她原工作單位的人。他們以前一部分的工作就是成為密探，假裝成郵遞員，收垃圾的，送貨員，修屋頂的，打掃衛生的人員，而受關注的對像都是對國家的安全或政策有著重大影響的人。

現在，她看到那些同事把這些手段對準了一個深居簡出年輕善良的鄰居，一方面引起了她很強的好奇心，另一方面也激起了她的保護欲。她知道，他們的工作不泛有完全搞錯了的情形發生。正因為完全搞錯了的機率很大，所以他們才做得神不知鬼不覺，這樣如果一旦確認搞錯了，他們就悄悄地放棄了行動，而被監視者都不知道身邊曾經發生過那麼多的事。被監視者以為所見的郵差就是正經的郵差，收垃圾的就是正常收垃圾的，上門送廣告的就只是單純送廣告的，送貨的也只是單純送貨的。反正，郵件也沒丟，貨也都送到了，垃圾也都收走了，推銷的也被打發走了。所以，還是會很正常地過著他/她的生活，而不會在身心上造成什麼損害。

但也不是所有上門的工作人員都已經被南西的同事所替代了。

比如，朱莉用的一家上門送亞洲超市菜的就一直由不同的華裔在送貨，雖然她相信那個應用已經被她的同事嚴密監控，包括她點了什麼菜，價格多少，用哪個信用卡支付的，等等。朱莉家對面菲律賓家庭裏辦公的她的同行也都不是吃素的，對於這種資訊的掌握不是一件難事。但是，他們沒法控制誰送貨上門，那是一家據說有中國投資背景的網上超市，主要賣些華裔愛吃的生鮮食品。

又比如，朱莉用的手機是華為手機，她的同行也肯定會以為華為掌握手機的後門，而在華為背後，一定有中國政府的操縱。

又比如，朱莉用的微信，資料庫也在中國，雖然南西相信她的同行也已經進入了微信，能夠直接監控朱莉所有在微信上發的資訊，但也必須相信，這些資訊中國也一樣掌握著。

又比如，南西的同行無法控制朱莉在網上說什麼話，傳遞什麼資訊，也無法控制朱莉打電話給誰。

因為他們部門的行動在掌握確切的證據之前都是偷偷進行的。

一個斯諾登已經讓她一直為之服務的部門蒙羞，說是政府偷偷監控著普通的居民，如果他們不嚴格確保他們的行動不被覺察，而是被揭發出去的話，那不知會造成什麼樣的後果？特別是，如果最後證實他們對朱莉的監控都是莫須有的。

這個原因也造成了一定的監控的真空。她就看到社區裏搬進來了一家屋頂修理公司，那家屋頂修理公司分明也對朱莉產生了興趣，短短的一個夏天，已經有五六撥的人去敲過她家的門，說要對她家的屋頂進行免費的評估。

這條資訊引起了南西和芭芭拉以及邁克極大的興趣。為什麼這撥人對朱莉家的屋頂這麼感興趣？她家的屋頂有什麼特殊之處嗎？

他們只記得朱莉家的屋頂自從四十多年前社區開發建房後，只換過一次。那是上一個華裔家庭王健家搬進來後換的，請的也是華人的屋頂公司。想起來，那屋頂也有二十多年的歷史了，換上的屋頂是三十年壽命的，從壽命上來說，還有幾年壽命，但從型號上來說，現在已經不存在了，不生產了，所以如果真有理由換屋頂的話，保險公司也是會同意換的。

她的同行偷偷去瞭解過新搬進來社區的那家換屋頂公司，MLC公司，那是一家有俄羅斯背景的屋頂公司。

而且，南西、芭芭拉和邁克一直知道朱莉家右手邊隔壁的那家即瑞秋家也是一個門道很複雜的家庭，而且種種跡像表明，那家人裏面也是偷偷地住進去了一夥人，就像菲律賓裔何塞家裏偷偷地住進去了她的一夥同行一樣。

那一夥人又是什麼路數？為什麼圍繞著朱莉一家，社區發生了那麼多的變化？有各國的背景，有各種不同的目的？

這是因為什麼呢？

當南西看到朱莉家的窗戶室內出現了 WI-FI 攝像頭時，她立即明白：朱莉警覺了。她已經覺察到了什麼？

當南西看到朱莉家又多了兩個無線的攝像頭時，她明白：朱莉不光警覺了，她恐懼了。

她警覺到了什麼？她又在恐懼什麼？

而且朱莉以前會把所有不要的信件都原封不動地放在回收箱，現在卻會把地址和姓名剪去後才放到回收箱，垃圾也不會輕易的扔了，確保是真正的垃圾才會扔。

難道她已經知道收垃圾的收回收的人現在已經都是南西原來工作單位的人了？難道她已經知道有人對她家的垃圾和回收都在感興趣了？

她怎麼會有這麼強反偵探的能力？

她難道真的是一個非常特殊的人。就像南西她一樣，假裝已經是一個退休了的普通老人，其實還在繼續在為原來的單位提供一些服務？

那朱莉為之服務的單位是什麼？

南西好像突然明白了為什麼南西的同行們要對她進行這麼嚴密的監視，她看上去確實很特殊。

而這個社區，由各國背景組成的社區，這個時候在南西眼裏，已經不再是一個中產上中產生活的社區，而是一個戰場，一個世界大戰的戰場，各個國家的人都有參與的一個世界大戰的戰場。一個高科技戰爭的無聲的沉默戰場。

這個戰場，充滿著反監控與監控，情報和反情報，最頂尖的竊聽技術和反竊聽技術，最頂尖的無線和通訊技術。

她甚至知道，她的上級部門派了一個專門研究大腦活動能讀取大腦資訊並干擾大腦資訊的頂尖專家偷偷在一個半夜住進了已經很擁擠的菲律賓裔何塞的家裏。

那個專家研究的方向也是這個星球目前最頂尖的科研，還未用到民用，而先用到了國防，整個星球的民間還不知道美國對人大腦的研究已經到了這個深度。

二十三.　對面的那家菲律賓家庭

對面的那家菲律賓裔何塞家庭現在住著許多人，但他們都靜悄悄的，誰都不知道看上去好像沒人的家庭其實裏面有很多人在緊張地工作著。

那個家庭的車庫前沒有停著一輛車，表面上看起來，那家人好像是出去旅遊了。路過的行人會以為那是一個空著的房子。

最初那些工作人員是因為對朱莉的上司帕特爾博士的懷疑而進而監控他周圍的人的。她的上司帕特爾博士最近新買了一家豪宅。根據他們對他的瞭解，資金來源很可疑。

現在已經懷疑他私下出售了美國太空軍衛星發射時間和資源調度的軟體給了中國。而開發這個軟體的六個人中，有三個是華裔，其中兩個是從大陸過來的，另一個是從臺灣過來美國的，叫陳彼特。臺灣來的向來被美國認為是“自己人”。而那兩個從大陸過來的人中，其中一個是因為練一種被中國禁止的功來美國的，拿美國庇護綠卡，叫許峰。拿美國庇護綠卡的人當然也被認為是“自己人”。只有朱莉是在改革開放後富裕起來的中國來到美國的。她本人也是中國改革開放的受益人。原來在中國一家教育類排名第一的互聯網公司任部門總經理。所以如果要懷疑也有華裔參與其中的買賣，那麼朱莉是最可疑的懷疑對像。

所以最初是把朱莉當作懷疑對像的，但後來發現，她的上司帕特爾博士一直在監控她。而她好像也知道她被帕特爾博士監控，心裏對帕特爾博士的監控行為很不滿，所以近期正在找工作。而且經調查，她沒有任何資金的可疑進項。不光沒有，她還正面臨著一個民法官司，民法官司要求她賠償四萬多美金，她正在為此事焦頭爛額，根本不像有外來資金進來的人。

所以，本來已經對她的監控變成了對她的保護。因為他們進一步地瞭解到，帕特爾博士有一些極端右傾的思想，上一次回印度思想上好像又受了一些危險組織的影響，對女性比較歧視，認為女人就應該呆在家裏。怕他一旦知道他的資金來源受懷疑，他會把一切事情推給朱莉背鍋。

但是，在對她的監控中，發現朱莉過於的警覺，非常的聰明，又開始懷疑她不是一般的人，說不定是在為中國政府做事。而且她既然這麼警覺，一旦讓她知道她被監控，並宣揚出去，就又是一件斯諾登事件，甚至比斯諾登事件還嚴重，對美國政府是一件非常不好的事。

誰都不想讓斯諾登宣稱的美國政府暗地下嚴密監控著公民的行動被證實。一旦被證實，那就是一個天大的笑話，從此，再也不用向各國兜售美國式的民主和自由，也不能再指責別國政府監控自己國家的公民了。因為美國政府所做的也只是“五十步笑一百步”而已。

所以監控的目的，開始變得越來越複雜，既要保護她，又要監控她不讓她有機會知道她被監控的事實。

後來，事情還是變得越來越複雜了。連南西家也偷偷地住進了好幾個 FBI 的人。而據說，那幾個人是專門負責大案的人。

看來，有來自不同國家的好幾撥人都同時盯上了朱莉的家，盯上了朱莉家所發生的一切舉動。

只有朱莉好像被蒙在鼓裏。

二十四．辭職的決定

朱莉並不是一時衝動提出的辭職。實際上，她特別希望能再過半個月至一個月再辭職。因為這樣，她的工作就滿三年了，她的退休金 401K 公司匹配部分就能全部保留，還有一些公司發的大部分股份能保留下來，如果工作不到三年，只能保留一部分的公司匹配的 401K 和小部分股份，更主要是她的簡歷能看上去好看些。

但，世界上不如意之事十之八九。眼見著就快工作滿三年了，就是無論如何都沒有辦法再拖上半月一月的了。

因為那個週末出現了一件無法從她所學到的知識能解釋的事。除非是自己被這個世界上擁有最先進科技的力量盯上了，而那個科技朱莉在現實生活中還從來沒碰到過的。

事情是這樣的：

前面說過，有一個奇怪的陌生人來敲她家的門。朱莉從自己安裝的攝像頭中發現，那個人是開著一輛白車來，直接停在她家的門口，敲了朱莉家的門，見朱莉沒有來應門後，又直接開走了。

如果只是來上門推銷修屋頂的，那肯定不會只在朱莉家門口停留，而會沿路敲各家的門的。那個人這個樣子，分明是只針對著朱莉家。而且那個人不止來過一次了，第二次來，還是只針對著朱莉家，而且手機上拿著一個手機，對著朱莉家的 Wi-FI 監控器在手機上按按這按按那的，不知在幹什麼？

這事，引起了朱莉的懷疑。然後，又發生一件事。朱莉在睡覺前，攝像回放，
突然發現有人騎一輛自行車停靠在朱莉家門口的那棵大樹上，好像要幹什麼？因為那兒沒路燈，朱莉看不清楚。但這時候，對面那家鄰居的自動燈突然打開，朱莉看到那人連忙騎上自行車飛快地跑了。

至於那個人本來在幹什麼，朱莉就看不清楚了。

那二件事後，朱莉為了擴大監控攝像的監控範圍，又買了一個攝像監控器，這次是無線的，不用 WI-FI，而是用無線通訊技術，花費了朱莉四百多美元。買了後，因為安裝麻煩一直未安裝。

結果，那個週四，AltitudeX 公司就發生了一件非常奇怪的事，朱莉撥下老筆記本電腦的無線滑鼠介面後，不到五分鐘，就接到了帕特爾博士的電話，他要求朱莉進了那個敏感的專案工作。

然後，在安裝相關軟體時，被那個專案的負責人喬治發現，朱莉在公司的電腦裏另外裝有一個 Linux 系統。而朱莉對此一無所知，不光如此，朱莉以前所做的專案也在那兒發現了備份，而照例來說，朱莉是不應該在自己安裝的系統中留下一個備份的。看到喬治嚴厲的態度，好像這是一件非常嚴重的事。

朱莉嚇得腦子裏一片空白。她對 Linux 系統根本一無所知，實際上她對電腦系統都是不怎麼瞭解，一直就是能用就行了，能編程就行。那個系統既不是她安裝的，那個備份也不是她備份的。她自己會拷貝幾個檔夾在差不多同一個目錄下，只是為了一旦一個檔夾壞了，還有另

一個檔夾備份。但她根本做不到裝一個 Linux 系統，並把整個專案在那兒作備份。她以前所有對電腦檔的操作要不是一些常用的指令操作，要不就是根據部門發給她的步驟文檔一步一步跟隨著建立起來的操作。但從那個專案負責人的語氣中，她能覺察到這是一件很嚴重的事。嚴重程度好像等同於盜取公司的數據或版權之類。

既然知道不是自己幹的，那就是有人背著她幹的，或者有人以她的名義幹的。為什麼要這麼做？為什麼要嫁禍於她？

沒想到自己居然會碰到這麼一起代碼栽贓案。如果有人栽贓於她，誰是栽贓人？只可能是帕特爾博士。

現在又是帕特爾博士要她加入這個敏感專案，難道不是想進一步陷她於不利嗎？

週四的晚上是一個不眠的夜。各種陰謀的推演讓她混身發抖，嗓子發幹。是誰，想讓她掉入這個陷井，是誰，想陷害她，嫁禍她？帕特爾博士的背後還有誰？是哪個勢力？

週四的晚上終於就這麼在長夜無眠中熬過去了。

週五的白天總算也熬了過來。

是因為她證明她確實對 Linux 一竅不通。她當然也會用一些 Linux 指令，那都是根據他們部門發給她的步驟一步一步操作的。比如，步驟上讓她輸入 cd ..，她就輸入 cd ..，她也知道那個指令是指把檔指向上一級，就這些類似的簡單的指令，都是照著步驟操作的。而她自己根本不用接觸到 Linux 系統，也不需要，所有需要用

Linux 的版本，她都會用 Window 的替代版本。

這時候，她已經相信她是被一個什麼神秘但能量巨大的勢力盯上了。再聯繫想到近期發生的種種奇怪的事，馬上覺得為了保護自己，必須把那個無線的監控器安裝上。

週六迫不及待，起床後第一件事就是安裝無線監控器。

那個監控器有兩個攝像頭，因為是室外的監控器，放起來不太方便，所以朱莉選擇把一個攝像頭放在了她女兒以前房間的窗外，那兒有一個高起來的磚臺。

她通過把監控器攝像頭放置在窗臺，並用橡皮筋固定在窗框上的方式，在把監控器一個攝像頭安裝在了二樓的窗臺。

另一個攝像頭放置在了一樓大餐桌邊上靠近大門處的窗臺。

朱莉選擇把監控器放在廚房電話坐機旁的大理石臺面上。

調好時間和攝像頭後，如果攝像頭見到人經過或者車開過，監控器會顯示動態畫面，同一個時間還會進行錄影。同時，監控器音響還會發出嘟嘟嘟的聲音。

奇怪的是：畫面上明明顯示有南西夫婦經過，但當朱莉衝到窗前想確認時，才發現南西夫婦根本就沒有路上。

等了一二分鐘，才看到南西夫婦肩並肩地從路的那頭走過來。這難道是說，這個攝像機能提前攝到人嗎？但是那個攝像頭視角根本到不了一二分鐘遠處的路那頭。

然後，朱莉看到監控器裏看到有一個特別像帕特爾博士的人拿著手機走過。一邊低頭看著手機，一邊又抬頭看看每家的窗臺，好像在找什麼？

朱莉連忙沖到窗戶往外看，那個人已經走過了朱莉的門前，正在低著頭盯著手機，往前面走，已經快要走過芭芭拉家了。因為只看到了他的一個背影，所以不能確定朱莉肉眼看到的是否確實是帕特爾博士。

但自從像帕特爾博士的人走過門前後，監控器的嘟嘟聲就不再從監控器傳來了。而是從電話坐機傳來。如果朱莉重起監控器，會有那麼一二次聲音會從監控器傳來，然後聲音又會從電話坐機中傳來，而監控器就不會再有嘟嘟嘟的聲音了。如果這時候又有一個未接電話留言的話，那電話就嘟嘟聲不斷了，那叫一個熱鬧。

朱莉的神經都快被崩潰了。這些匪夷所思的情節居然會出現在現實的生活中。解釋不了，無法解釋。

然而，當天晚上，發生了一件完全超出朱莉認知範圍的事：

那天晚上，朱莉聽到房子外面好像有貓的唉嚎聲。好像受了重傷了的樣子。聽上去聲音好像像是她女兒養的貓辛巴的叫聲。朱莉又想到她在屋後放了一個讓野貓可過冬的箱子，會不會有野貓去那兒避寒遇到了狐狸什麼的也在那兒避寒，被咬傷了？又會不會是她女兒養的辛巴不小心跑出去了，這時候想進屋而進不去了？

不管怎樣，她都覺得有責任去看一下。如果是前者，那野貓被咬傷她也是有責任的，她本來想做一件好事，提供給貓貓冬天避寒的去處，如果反而好心辦了一件壞事，她也會內心不安的。如果是後者，那更要去看看，她女兒的貓貓辛巴都像是寶貝一樣養的，可受不了這冬天的寒夜，雖然是二月了，但天氣還是很冷。

儘管她這幾天受各種種種離奇發生的事影響，心情很不好，睡眠也很不好，但她還是硬撐了起來，披上一件外衣，走下樓去，走到最靠近那叢迎春花花叢的窗前，往外看了看。

沒有看到任何貓，也聽不見叫聲了。朱莉正準備離開，上樓睡覺。

這時，她無意中察覺到那個窗戶的對面一輛停著的黑車有個奇怪的現像：那是一輛非常普通的黑車，但它有一個非常不普通的影子。

按說，路燈靠在朱莉家的這邊，那個黑車的影子，如果有影子的話，影子是應該在車的那一邊的，被車擋著，朱莉應該看不到那個影子，除非影子過長，但無論如何，那個影子是不可能朝向朱莉的。但這個時候，朱莉看到的那個黑車的影子卻是分明朝向朱莉的方向。

而且，那是一個奇怪的影子，影子很大，顏色很實。即使是車子那邊有光源照過來，也不應當出現這麼大、形狀這麼分明的影子。

但，朱莉也未作多想，因為心裏關心的還是那個貓的叫聲，但在腦中留下了一個"好奇怪"的印象，就準備上樓睡覺了。

經過監視器時，她無意識地看了一下監視器，這時四下無人，電話機也不發出嘟嘟聲了，總算安靜下來了。朱莉看它的心情是比較平靜的。

但這一看，身體立即僵住了：

監視器上的畫面裏是普通的黑夜中的社區夜景，其中有黑車，但是，不是一輛黑車，畫面上顯示的是兩輛黑車！

這也不是兩輛普通的黑車，而是兩輛警車。都亮著警燈。像是正停在案件發生現場。

朱莉嚇得靈魂出竅。趕忙又沖到靠路的窗口去看那輛黑車。從窗口看過去，那還是一輛平平常常的普通的黑車，但是有一個非常不普通的影子，影子過於大，形狀過於實，方向完全違背物理原理。

但車子，還是確確實實是一輛普通的車子，一輛，不是二輛。

再跑回監控器處，看到的還是兩輛警車，像正停在案件發生現場，警燈是亮著的。

朱莉再次跑到窗口確認，窗口那邊看到的還是一輛普通的黑車和一個不普通的影子。

這麼來回跑了幾次。朱莉感到自己渾身的冷汗刷的一下下來了。

朱莉這下確定了：自己不知怎麼著，牽涉進去了一件非常可怕的事。有一個可怕的勢力，也許不僅僅只是一個勢力，而是幾個勢力，現在正在她的身邊，她的一舉一動，都應該落入了那些可怕勢力的監知範圍。

怎麼了？發生了什麼了？自己這麼普通的生活，普通的中產，打著一份普通工資的工，怎麼會有如此離奇的事情活生生地發生在自己身上？

這件事，成了壓倒駱駝的最後一根稻草。

她當下下定了決定：週一要做的第一件事情，就是辭職。

離開那個危險的工作，雖然離三年只剩下半個月的時間了，她不能再等下去了。

君子不立於危牆之下。她盤點了她生活的種種，任何方面都普通得不能再普通。只有工作，現在接手的專案在她眼中是敏感燙手的專案。

其實像她這樣沒有高級安全證書的雇員，根本是接觸不到敏感的政府專案的，如果那個專案敏感到需要高級安全證書的話，那 AltitudeX 公司是不可能也不應該讓她去做的。所以，其實只要是讓她可參與的專案，都應該當作是不敏感的專案。

但朱莉實在想不出自己在哪一方面可能會引起可怕勢力部門的關注。所以想來想去，也就只有目前所做的專案可疑了。再加上這個專案是帕特爾博士讓她去做的，現在既然懷疑帕特爾博士想陷害她，那說不定那個專案原本她就是不應該參與的呢，讓她參與這個專案，可能就是帕特爾博士想陷害她的計畫的一部分吧。

再想起喬治嚴厲的態度，可見那個專案不是一般的專案，不應該是一般人可參與的專案。

還好，自己雖然已經下載了那個專案的源代碼，但由於在她公司電腦上發現裝有 Linux 系統插曲一事的打擾，她還一行都未曾看過源代碼呢。等於還沒著手開始介入。

不要等到介入時才辭職，就在還未正式開始時辭職是目前最好的選擇了。

這個時候也不要再去想做滿三年的事了，做滿三年與目前遇到的危險比起來簡直已經是不及一提了。

週六深夜在監控器上發現的離奇畫面促使了朱莉做出週一一上班第一件事就辭職的決定。

二十五．真正的戰役

經過幾夜的無眠，終於迎來了星期一早上的曙光。朱莉起床第一件事就是發郵件給公司高層和技術部的人員說：她從現在這個時刻開始不會參於任何工作，參加任何網路會議，如果有她參加的網路會議，那麼那個人一定不是她，而是有人盜竊了她的身份，假冒的她。

然後，她才發了一封信給行政部並抄送公司老闆的女兒蘇珊提出自己因身體健康的原因辭職。

朱莉家對面的 FBI 人員們都看到了朱莉發出的兩封信。都在猜測在那個週末夜晚，到底在朱莉家裏發生了什麼事？甚至連他們都沒能監控到。以至於她突然於週一提出了辭職。

於是，朱莉家對面的 FBI 工作人員給已滲入在 AltitudeX 公司的 FBI 工作人員發出了緊急指示：朱莉今天早上的第一件事是已經提出辭職。

是的，那個負責有關軍事和空間新專案的人喬治就是 FBI 的人滲透進 AltitudeX 公司的。平時，他只是像一個普通的工作人員，真正的身份是 FBI 的人。目前大家都在遠程工作，這種身份滲透太容易不過了。即使他是替代真正在 AltitudeX 公司的員工都沒有人知道。

不知道週末發生的什麼事，引起了朱莉那麼大的反應。

FBI 監控她的事被她發現了？他們明明給了她足夠的信號：是帕特爾博士在監控她，而不是別的什麼人。

看來，朱莉家對面 FBI 工作人員的工作還是沒能做到家，這麼門對門地監視著，怎麼還能不了解她到底是遇到了什麼事情，讓她一下子由一個極力想維持工作狀態的人突然上班第一件事就提出了辭職？

上星期才以公司的名義給她發了一封信，表明必須要等她工作到三月份，才能領取全額 401K 公司匹配及大部分股份的，就是為了穩住她。

FBI 總部的人立即通知喬治，給予朱莉所有管理員的最高許可權，看她會怎麼做？如果她利用管理員許可權偷竊公司數據，剛好借此把她抓捕了。

沒想到朱莉又立即發了一封 email 給 IT 部門說，要求把她現有的一切許可權都取消掉。並提出把她以前向政府部門申請的未過期的電子安全證書過期，以防被人利用。

在 FBI 嚴密的監聽和監督下，公司的副主席，也就是公司主席的女兒蘇珊與她通了一下話，問她："為什麼要辭職？辭職後要去哪兒？是不是有人要對她不利？是不是帕特爾博士？"

副主席滿心希望朱莉不要把帕特爾博士拉扯進來，自從看到朱莉被作為重點監視對像，她曾希望自己的公司能與朱莉儘快分割開來，能抓住朱莉什麼工作上的把柄把她裁了，但總抓不到把柄。

現在她自己提出辭職，那是最好也不過了，但她同時希望以後朱莉不會把他們公司告到法庭，比如告他們監控員工什麼的。她已經暗暗查明了帕特爾博士確實在監控她，但帕特爾博士負責著她公司兩個最賺錢的政府專案，她可不希望帕特爾博士有任何牽涉到違規的事情中去，如真要牽涉進去，那只能把 AltitudeX 公司與帕特爾博士切割開來，讓他獨自去背這個鍋。

沒想到，在電話裏，朱莉只是說：是她最近身體不好，而且因為最新的專案涉及到安全問題，為公司和她自己考慮，才辭職的。

副主席明顯地松了一口氣。

朱莉立即要求把她的一切網路和許可權都斷了，此後，她不會再參加任何 AltitudeX 公司的任何遠程會議，如果此後有人以她的名義參加什麼會議，那可以斷定那個人不是她。

副主席蘇珊說：“好的，我們會讓技術部門立即去辦。你擔心有人以你的名議參加什麼會議，那個人會是誰？是不是帕特爾博士？”

她再次提出了帕特爾博士。並把帕特爾博士的名字放慢了，一個字一個字地說出來的。

朱莉說：她只是為了小心起見，並不是懷疑什麼人。

然後，朱莉把電話掛了，把網線斷了。

蘇珊沒有與帕特爾博士說到朱莉發信從此刻起她不會參加任何網路會議的事，只是告訴帕特爾博士說：“朱莉已經因身體健康的原因提出辭職。”

帕特爾聽到這個消息無疑是開心的：因為她的辭職事件

沒把他牽涉進去。

他知道她已經懷疑他在監控她，現在她以身體健康為由提出辭職，是他最樂於見到的結果。

他早就想把她裁了，只要有她在公司存在，他總怕她總有一天會壞了他的大事。事實上，他也早已經處處挑她的刺，希望以專案不再需要她的名義與她解職是最好的。

但不知什麼原因，總是沒能成功。這次可是她主動提出辭職，那是最好也沒有了。

所以還給朱莉發了一個郵件，誇她以往工作做得好，還說：雖然她沒向他提出辭職顯得不怎麼專業，因為他畢竟是她的上司，照慣例她應該是要首先向他提出辭職的，但他也理解她因為身體原因想辭職的做法。最後，他說："我會讓行政人員聯繫你討論後續的相關事宜。"

但他沒有想到，在提出辭職前，她先是發了一封信給高層和相關技術部門，說明她將不會參加接下來的任何工作，特別是不會參加任何會議，任何以她名義參加的會議都將不是她。

那個下午的一個會議，照例有朱莉參加。然而，當那個"朱莉"參加後，所有參加會議的人都聽到了一陣刺耳的回聲傳來，是帕特爾博士連接到朱莉在公司的音響傳出來的聲音。所有參加會議的人這下都知道了原來這個會議是被那個"朱莉"一直監控著的。

就在那時，潛伏在帕特爾博士附近的 FBI 工作人員突然大批闖進了帕特爾博士的新別墅，剛好把他逮了個正著。因為那刺耳的聲音剛好從帕特爾博士的音響發出，引起的回聲。

是帕特爾博士在用朱莉的名義登陸了會議。

是他在監控整個公司的會議，監控這個敏感的政府專案。朱莉其實從來都沒有參加個這個政府專案的會議，都是帕特爾博士在操控，在會議中，“朱莉”將會全程一言不發。但沒想到今天露陷了。因為 IT 部門的人都已經知道朱莉發的郵件稱她接下來不會參加任何會議，而帕特爾博士卻不知道。而 FBI 把“朱莉”的帳號與帕特爾博士的電腦連接了起來。

這只是抓捕他的一個名頭。私下監控聯邦政府的專案、私下監控公司的員工是犯法行為。但只是犯的小罪。

其實是因為他的銀行帳號裏有一筆神秘的大錢進來，他還用那個錢款買了一個別墅。他涉及的犯罪遠遠大多私下監控的小罪。先得把他抓起來，才能繼續調查出他的其他罪名。而因為朱莉辭職，以後不能通過監控朱莉來監控帕特爾博士了，所以今天就得把他抓捕了。

等把他抓起來後，那邊監控帕特爾博士的人員就通知了朱莉對面屋裏的 FBI 同事，朱莉對面的 FBI 同事們以為事情已經到此告了一個段落。就三三倆倆都出來了。

他們已經在裏面呆了一個多月了。這一個多月的時間可並不好受。這下大家都心情放鬆了。

他們沒想到他們出來的一幕剛好被朱莉看在眼裏。

等朱莉再登陸公司 VPN 的時候，發現已經登陸不上去了。

然後，她無意中看到了對面的菲律賓鄰居家車庫門大開，一輛車子開了出來，還有一群拿著大包小包的人走出大門。

這時，菲律賓鄰居家的車開來了。下來了她的鄰居何塞老婆和女兒，與那些人打過招呼，兩輛車子先後開出車庫，那群拿著大包小包的人上了車子，而菲律賓裔鄰居家的車重新停進了車庫。

朱莉恍然大悟，原來，對面的鄰居家一直是有人的。

這些天來，她一直以為對面的鄰居外出不在家，原來家裏藏著這麼一群行為詭異的人。而鄰居與他們顯然都是認識的。

朱莉正在目瞪口呆中。這時，她突然看到一輛白色的小車，從馬路的另一頭，飛快地開了過來，停在了對面鄰居的路邊，然後，她手上的華為手機自動地重啟了。朱莉嚇得魂不附體，立即下意識地把手機關機了，沒想到它又再次自動地開機。朱莉死死地按住開關鍵，又把它手動關了機。然後她看到，那輛白色的小車，停了一下後，又飛快地開走了。

二十六．這才是開始

那一波人都走了。

但在南西家善後的 FBI 工作人員的工作卻還未完成。

他們的任務是，要務必保證朱莉又重新過上正常的生活。務必保證朱莉沒有對任何事情發生覺察，沒有發覺 FBI 在監控普通公民生活的事。

如果被朱莉發覺 FBI 在監控著普通公民的生活，那麼那件事情恐怕比抓捕帕特爾博士還要嚴重一百倍。

一旦讓朱莉察覺 FBI 在監控普通公民，那麼可能接下來就要對朱莉採取一定的措施了。這就是留在南西家的那撥人員要做的事了。

朱莉對當天看到的一幕產生的衝擊波久久不能停息。她一直在心裏回放著對面鄰居的車庫門突然打開，開出一輛車子，並從正門走出大包小包的幾個人的事。她還回放著那之後一輛白車突然開過來，停在鄰居那邊路上，然後她的華為手機無端自動地開機。

她原本以為只是帕特爾博士監控她，後來因為什麼事要栽贓她，現在卻發現，事情遠遠並不如此簡單。

那時候，她還不知道對面的鄰居是在 FBI 工作的。這要到後來麗莎告訴她她才知道。

這樣的場景幾次在她心中回放後，突然一個名字自動跳了出來：斯諾登。

朱莉心裏一陣電光火石，對洽洽這只老貓說了一句：「原來，我們是生活在楚門的世界啊。」

就那麼一句話，就像一聲霹靂，打開了一個塵封已久的山門，魔鬼放了出來。

原來，以為前面所受的折磨已經夠讓人心驚膽戰，無法想像。沒想到，這句話後，以後發生的事，才是一切磨難的開始。

當天，她的腦子和身體就被什麼擊中，她好像聽到異常嘈雜的聲音，那聲音直接往她的腦子裏鑽。腦子和心腦都像要被裂開。

是什麼？

既然朱莉這時已經很有把握自己是在被監控中了，雖然不知道是因為什麼？但顯然是被很大的勢力不知為何監控了，那麼對發生的一切都朝那個很大的勢力具有的能量和能力方向猜就對了。

次聲波。

朱莉自己回答了自己的問題。

為什麼要動用次聲波？

想讓我發瘋。或者甚至殺死我。

為什麼要讓我發瘋？

如果我發瘋了，我再向外界說有 FBI 在監控普通公民就沒人信了。

朱莉自問自答了幾次。也明白了那個很大勢力的底線所在：只要想把人搞瘋了，讓人不會相信一個人的瘋言瘋語，那麼這個 "FBI 監控普通公民" 的論斷就不會有人相信了。

知道了底線在哪兒，朱莉就在微信上與龐文彬說了這個事。說："有人在監控我。現在有次聲波把我搞得很虛弱。"

朱莉現在已經相信，如果 FBI 在監控她的話，那監控她的人肯定不止一路。有 FBI 也會有與 FBI 相對立的勢力，而她在微信上發的資訊，肯定所有監控她的各路人馬都知道了。

微信上的龐文彬就說："不可能有人監控你的。你又不是什麼大人物。怎麼可能有次聲波。你是不是瘋了？"

朱莉心想：瘋了就是他們想要的效果啊。而且目前這個與她聊天的人是不是真正的龐文彬也是可疑的了。就像她在公司的帳號分明就是被帕特爾博士冒充一樣。

朱莉說："我才沒瘋呢，我腦子清楚著呢。"

但次聲波讓她的身體很虛弱，她感覺那聲音是從她房間靠近加油罐的那壁牆發出的。她突然想起來，以前就聽到過那兒有樹枝撥動牆壁的聲音。

二十七．次聲波事件

朱莉在微信上說了次聲波的事情後，還是覺得不可思議，真的會碰到這麼離奇的事情嗎？

而且自己的身體虛弱得都快起不了床，甚至睡不著覺。老覺得腦子和心裏都是嗡嗡的一片嘈雜的聲音。

感覺這樣下去真的可能要沒命了。

這時，命運的悲愴感浮上了心頭。

如果當年聽父母的話不出國就好了。朱莉已經算是比較晚出國的了，她的研究生同學們比都她早了幾年出國。

朱莉在國內工作了幾年，發展得好好的。年紀輕輕就當上了公司最大部門的總經理，甚至有自己的助理。也已經在深圳買下了一百十多平米的一套房子。自己與龐文彬兩人加起來的工資就算在到處都是老總的深圳都是高的。

朱莉出國後，一切又要重新開始，而她的那些留在國內的同事們，下屬們，同學們都發展得好好的。如果自己還在國內的話，肯定還是人中翹楚。怎麼當初會選擇來美國受這個罪？

受點罪也算了，年輕，經得起生活的磨礪。怎麼還攤上這些莫名其妙的事了？

在國內過著富有平安的生活不好嗎？

回想起來，母親說的話都是對的。她就說："你們在國內要工作有工作，要房子有房子，安安穩穩的生活不要，去美國幹什麼？"

但那時，一心只想往前飛，覺得在國內做到部門總經理好像已經做到頭了，看不到發展的方向，而美國這個外面的自由的世界看上去像一個謎，等著她去開發，等著她去追夢，所以就一心想出來了。而正當她想出來時，剛好龐文彬就碰到一個好機會，他的導師想離開在美國工作回中國了，而那家公司讓他推薦一個人，他就推薦了龐文彬。

這麼好的機會怎麼能放棄？那時候朱莉的同學們打破頭都要出國的，考 GRE，考託福，申請學校，申請獎學金，申請簽證，還得退回培養費給國家，每一步路，都是艱難的奮鬥過程。而他們能省卻這一系列步驟，直接申請簽證就好了，比學生簽證 F1 容易多了，學生簽證還要向外交官保證學成是要回國的，因為 F1 簽證需要證明沒有移民傾向。而他們就不需要，因為 H1B 是可帶移民傾向的簽證。更何況，學生簽證簽出後，他們就得靠獎學金生活，而龐文彬有一個工作等著他，至少不用像學生簽證那樣過著很簡僕的生活。

所以是朱莉慫恿龐文彬接受這份工作的。朱莉想出國的念頭比龐文彬更強烈。龐文彬那時在華為工作得好好的，高薪，高股權，出來的願望就沒有像朱莉那麼強。

就這麼出來了。當時看來的美好規劃成為了她目前遭遇的不測命運的重大緣因。

後悔啊，從來沒有像這個時候更後悔出國的了。如在國內，上有父母的慈愛，下有女兒的撫育，中間有姐妹弟的扶持，是多麼平安喜樂的人間煙火。

而現在，莫名其妙地受不知何方高聖的監視，莫名其妙在公司在家遭遇各種匪夷所思的事情，眼下更是受次聲波的傷害，得罪什麼了？一輩子正直本分地讀書工作養家糊口，怎麼解釋眼下所受的命運？

又想起了被龐蕤稱為光頭叔叔的龐文彬的同學裘平。當年朱莉還在北京上學的時候，曾在車站碰到他，他那時為了留學美國在中關村的新東方上 GRE 和 TOEFL 課。

後來，他們都在美國見面了。他也找了個寧波姑娘作老婆。結果，才四十多歲就離世了。

如果他當年不出國，是不是也不會發生這麼悲慘的事？

當年他們都以為是奔著更好的前程來到美國的，卻原來是親手把彼此更好的前程葬送。他更慘，連命也葬送在異鄉他國了。

他在國內的父母與妹妹，朱莉都是見過面的，也一起拍過合照。那時，他們一大家子都在核子物理所過著幸福的生活。誰會想到，出國不到二十年，他卻會不在人世了。

如果上帝再讓他與朱莉重新作一次選擇，朱莉有把握他們兩人都不會選擇來美國。

他的母親接受不了兒子已經離世的事實，一直逃避著這個事實。人家問起來，就說："他在美國忙著呢。"

可憐天下父母心。

又想起了自己的父母，朱莉想起她還未給父母盡足夠的孝呢，她可不想讓她父母承受裘平的父母承受的這個傷痛。所以她一定要堅強起來。

而且，她還有女兒，雖然已經成年，但還未畢業，還未經濟獨立，為了父母與女兒，她都不能倒下。

這時候，朱莉真的覺得只有向佛祖求助了。如果真有命運，那一定有菩薩，這個世界不會有孤粒子。任何事情都是成對出現的。有陰必有陽，有生必有死，有死也必有生，有無常，那一定也會有常。

朱莉很小的時候就自發地知道這種辯證法。比如，小時候，總有大人講鬼故事嚇他們。但她就不怕，因為她早就心裏篤定：如果這個世界真的有鬼，那麼這個世界上也一定有菩薩。那如果真的遇見鬼了，只要向菩薩相求就行。所以行夜路的時候，當她心生恐怕的時候，她就念念阿彌陀佛，心裏就安定下來。

更何況朱莉父母都信佛，所以她有事的時候也更傾向於向佛祖求助。

當下，讓簡直要爆炸了的心先平一平，她突然想到了女兒以前住的房間裏有兩串木頭做的佛珠，不知道從哪兒來的，也曾經問過女兒，她說她也不記得，也許可能是以前她回中國與她爸爸去峨眉山的時候得到的。這時候，她也顧不得多想，立即把那兩串佛珠戴在手腕上。並把她母親上次回國時送給她的一串玉石做的佛珠也趕緊戴上，那串佛珠是她母親專門叫人念過經的。她曾經一直戴著，但有一次半夜醒來，發現手很麻，就想著是不是戴著那串佛珠的原因造成的，所以後來就把它放起來了。

這次就又拿出來重新戴上了。說來也怪，等她戴上這三串佛珠，來到洗手間時，那壓在心頭和腦中的嘈雜聲，突然之間，就消失了。

就這麼，消，失，了！！！

她又回復了正常。她得救了。雖然身體依然很虛弱，但她知道她已經渡過了一劫。

是真的佛珠起的作用？還是如果真的有施加次聲波的勢力，是那個勢力放過她了把次聲波停了？她不得而知。

但她不敢在自己的房間繼續睡了。她搬到了女兒以前住的房間睡。

而就在那個時候，她發現文學城有一篇新聞，說是白宮發出奇怪的響動，白宮裏的工作人員懷疑是受到了次聲波的襲擊。而且描述的症狀及白宮工作人員受到的折磨正是朱莉這幾天剛剛經受過的。

朱莉突然又想起，她家當年收養洽洽老貓的時候，工作人員曾經介紹洽洽那只貓就是因為主人得了精神病住院，而被解救出來的。

她突然產生了疑問：那家主人當年真的是得了精神病嗎？還是也是受到了類似次聲波的攻擊？如果是受到了類似次聲波的攻擊，那麼是為什麼？也是因為發現了被FBI監控嗎？

她突然覺得，就連她家的那只洽洽貓都不同尋常了。那個洽洽貓被解救出來後，被醫生判定不宜收養，而放到野外，但看來那個組織沒有放棄跟蹤洽洽，在她八歲多時，又把它領回那個收養組織，並經常帶它去參加各種領養活動，以期被收養了。它她是於快十歲時才被朱莉的女兒龐蕤收養的。

不久前的一次半夜裏，朱莉曾被洽洽撕心裂肺大叫的聲音叫醒，當時她感覺是如果不是洽洽及時地叫醒了她，她可能就永遠醒不過來了。

洽洽好像有一些特殊的才能？它為什麼能判斷她當時遇到了危險，必須叫醒她？它是不是在上次的那個家庭就遇到過一些相類似的情形，所以它才有了這方面的經驗。

如果朱莉有洽洽上個主人的資訊，朱莉真想立即就調查一下，那個主人經歷了什麼？為什麼最後得了精神病？

原來動物救人的故事一點都不假，朱莉上一次就是覺得她被洽洽救了一次。現在，則是被佛祖或者什麼神秘的勢力救了一次。

人說，母女連心。在遠方的父母，以前除了耶誕節會打一個電話過來，從來不主動打電話過來的。這陣子，好像心裏得到了什麼感應。

每星期他們都給她打個電話來。而且每次都恰如其份地勸慰她：船到橋頭自會直。不要多想多慮，能回國的時候，回中國吧。葉落歸根，父母現在也老了，也希望能多見到你。

父母的話，像是在沙漠裏跋涉的旅人遇到了清泉，一點一滴澆灌著朱莉焦慮煩燥及充滿恐怖的心。

朱莉下了決心，這輩子她的使命還未完成，她還需要守護著女兒就像父母現在這樣守護著她一樣。她還需要盡孝，父母的恩情還未報答，還沒到能離開這個世界的時候。

朱莉的姐姐妹妹和弟弟，也顯示出了血濃於水的親情的力量。他們那種必須支持姐姐/妹妹到底的乾脆也是她選擇堅強起來的動力。

朱莉又想："我自己的使命也還未實現呢。記得高中的時候寫《生命的沉思》，覺得雁過留聲，人過留名是體現生命的價值。現在的自己可不要被高中時候的自己嘲笑了，半輩子過去了，反而活得不如高中的時候通透和明白。"

經過這幾番匪夷思議的遭遇，朱莉對生命和生活有了更簡單和透徹的醒悟：原來，生命中最重要的人，就是你的兒女，你的父母，你自己和你的兄弟姐妹及你收養的貓貓狗狗，除此，沒有什麼是更重要的了。

認請了這點，她以後就不會再為朋友的背叛而憤世嫉俗。因為朋友本來就不是你身邊最重要的人，你也不是他們身邊最重要的人。她以後也不會為了丈夫的背叛而傷心，因為丈夫也不是你身邊最重要的人。你們只是因為年輕時的吸引或緣分走在一起，如果有一天，你們越走越遠了，那也只是一個正常的現像，而且沒那麼要緊。只要你還保持著你自己，與丈夫能走多遠只隨緣份即可。丈夫丈夫，一丈之夫，現在龐文彬已經離開她太久太遠，走散了又有什麼稀罕，沒走散才叫稀罕呢。

沒想到，因為經歷了這幾場匪夷所思的遭遇，讓她對人生有了一個透徹的瞭解。險中也包含著極大的得。所謂富貴險中求，也是差不多的意思吧。

二十八. 名世界

《金剛經》中有幾次對世界的定義：世界，非世界，是名世界。

就是說世界其實是不存在的。只是一個命名的世界。

避免了次聲波的傷害後，朱莉的世界並沒有好多少，而是出現了各種想像不到的現象。

比如：外面的噪音傳到她的屋子裏後，就像放大了的聲音。聲音甚至比在屋外聽到的還要響。隔壁女鄰居瑞秋家割草的聲音就讓她受不了，加油的人加油車發出的聲音也聽上去非常的巨響，連斜對面隔幾家鄰居家裝修的聲音也聽上去像是放大了很多倍。甚至社區的很遠處，都會傳來轟轟轟的聲音，就像這個聲音是籠罩在整個社區似的。朱莉都不知道整個社區是如何忍受得了這轟轟轟的聲音的。或許，只有她才能聽得這麼響亮？

次聲波是不見了，但這些噪音還是困擾著她，就像家裏安裝了擴音器，外界的聲音都被放大了似的。

而且每天臨晨，直升飛機轟轟地開過她家的屋頂，就像要把屋頂要掀開。

朱莉不得不把耳朵捂起來，但那些聲音就像捂不住的一樣，能往她的耳朵裏鑽。

但是，當她走到屋外，那些聲音卻反而要小一些，正常一些。所以當她受不了這些噪音時，就只能跑到屋外去。

但又覺得自己的行為很可笑，所以跑到屋外時，只得找一些事做，整整垃圾箱啊，收拾回收箱啊。否則跑到屋外，只是瞎呆著，真的看上去很像是個神經病才會做的事。

但，慢慢地，她發現了一個很好的躲開噪音的地方，那就是那個寫作的書房。因為她最近已好久無心寫作了，所以要到很晚才發現這個現像的。

不知為什麼，一到那個書房，世界就靜下來了。隔壁鄰居割草的聲音也變得遙遙可聽了。

然後，不一會兒，朱莉就會看到那個跑步的人又跑過了她書房的窗口。就像電腦的一段程式又開始運行了。

晚上睡覺的時候，做各種各樣的夢。

還會聽到那個華為手機充電的房間不時地發出充電脫開接觸又脫開又重新接觸的警告聲。而那個洽洽貓，一晚上都會巡視於各個房間，發出拖長的唉嚎聲，一聲接著一聲的，在各個房間傳來。當朱莉一要入睡，斜對面那個鄰居就會打開大燈，燈光通過他家的大窗照進朱莉睡覺的她女兒的房間，直接照到她的眼睛。

那一天，狂風大作，風好像要把她家屋頂的瓦，全部都掀翻吹走。而那大燈也準時亮起，照到她的眼裏，在另外一屋沖電的華為手機發出各種點答的警報聲，洽洽一個房間一個房間地唉嚎聲，朱莉真的覺得腦子快要爆炸了。一只手緊張地無意識地把那兩串佛珠從腕部脫下又戴上，脫下又戴上。

這時，她好像聽到一個男的嚴厲的聲音，這不是什麼友好的聲音：「戴好佛珠！」朱莉才意識到她正在脫下又戴上佛珠，連忙把佛珠戴回原處。

突然，世界靜下來了。大風也停止了。對面的房間的燈也關了。華為的手機不再發出各種聲音，洽洽也安靜下來了。

這些奇異怪像若非朱莉親歷，說出去就連父母都不會相信的。

第二天，朱莉專門去看了一下斜對面那家的鄰居，發現窗簾已經拉起來。從哪天起，朱莉又搬回自己原來的房間去住了。

朱莉的腦子好像也有人在操控似的。有一次，她做了紅糖銀耳。但那天因為通過華人的網購網站購買食物，送貨員送食物時發生了一件特別奇怪的事，所以朱莉疑心發作，覺得自己還在受人監控。所以盛了紅糖銀耳後，正猶豫吃不吃。突然不由自主地咳了幾聲，然後，好像有一個聲音在對她說：「紅糖銀耳對肺好，治咳嗽。」這個聲音朱莉覺得不是她自己想的，好像是另有一個力量塞進她的腦子的。被這一嚇，朱莉不光沒吃，還把那個紅糖銀耳倒了。

那件送貨員送食物時發生的奇怪的事是這樣的：朱莉從窗口明明已經看到了一個華裔年輕姑娘搬著食物走過客廳的窗，朱莉因為不想讓年輕姑娘看到她在看著她搬東西就趕緊走開了。等到她以為她應該已經把食物已經放在門口的時候才打開門去看，結果卻發現門口沒有放食物的箱子。她正詫異，找了一下，在車庫的門口見到了那箱食物。但朱莉明明是看到她已經走過了客廳的窗的，而要把食物放在車庫門前面，是不用走過客廳的窗的。

同樣的事，也發生在她女兒的身上。那次，她女兒龐薇外出回來，她明明看她女兒已經走過了客廳的窗，朱莉趕忙把客廳通向車庫的門鎖上，打開了大門，卻聽到她女兒在敲車庫到客廳的門。

朱莉說：“我見到你走過客廳的窗了，所以以為你要從大門進屋，才把這個門鎖了，而去開大門的。你怎麼又回來走車庫門了？”

龐薇說：“我沒有走那個道啊，我是從車上下來，直接就打開車庫走從車庫到客廳的門的。”

太怪了，這樣的事已經是第二次發生了。朱莉也不好多說什麼，難道自己看到幻覺了？

而聲音也是，那天朱莉分明又聽到直升機轟轟轟要把屋頂掀翻的聲音，叫龐薇聽，龐薇說根本聽不到。

家裏暖氣也出狀況，朱莉把暖氣的溫度往下調，照例說，暖氣應該停下來了，表的數字也應該下來了。而恰好相反，表裏的數字反而一個勁地往上走，暖氣也繼續轟鳴著，只有朱莉把表打到 off（關閉）的位置，暖氣才會停止運行。

跟龐薇一說，她當然不信。還說是不是朱莉的腦子出了問題？一個勁兒地勸朱莉去看腦科醫生。

是朱莉的問題還是龐薇的問題？一直來以為針對的只有

她自己，但會不會針對的是她自己的孩子呢？母性的責任感全面醒來，她把關注的重心調整了，現在全部放在女兒身上。

而讓人相信她腦子有問題，特別是讓她的女兒相信她腦子有問題可能就是出現各種奇異事件的原因。

事實上，她女兒已經暗地裏向有關組織打了電話，擔心自己的母親腦子有問題，如果她的確發生什麼事，那有關部門就已經有證據證明她的腦子確實事先已經被懷疑有問題了。如果她再去就醫的話，好了，醫療記錄也可明確證明她確實就自己的腦子問題就過醫。

那麼，所有的監控指證啊，所有的懷疑有人在用次聲波啊，所有的被放大的聲音啊等等，都全變成是她臆想出來的了。是她自己的腦子出了問題。

朱莉想明白了。就對各種奇異的事情不再表示奇異了。

有人就是要讓人覺得一切都是她臆想出來的。這麼一想，她也不把一切看到的奇異現像再告訴女兒了。她只告訴她女兒：自己的腦子沒有問題。可能只是更年期比較多疑吧。

是誰在製造這些奇奇怪怪的事？等她想明白，製造這些奇奇怪怪的事只是為了讓她向別人說這些奇怪的事而別人不信從而相信她腦子出問題後，她對那些奇怪的事也就都假裝視而不見了。

奇怪的事，還有很多。包括：當她讀書時，如果她要壓下那一頁的一角，以示自己讀到了那一頁時，那個角會奇異地自己就乾脆地折出了一個痕跡。這個現象還是稍稍嚇到了她，以至於她不敢再折角了，而是改用書籤。

而當她用水時，那水滴最後會以比平時慢很多倍的速度滴落，就像有什麼東西在上面吸住了它，以使它以慢速度地下落。而滴落時候會發出一聲很大的聲。"啪"的一聲。

那時，她女兒的大學網課還未結束，她女兒住在地下室，老師講課的聲音有時候會放大到讓她在一層做飯或讀書時清晰可聽，每句話，一個字不差的能聽到。有時候卻根本就聽不到。就好像有放大器，把老師講課的內容有時候放大了，有時候卻沒用放大器。

有一次她上樓的時候，感覺自己的咽喉好像也受人控制了，被捏緊了的樣子。

朱莉就在微信上跟龐文彬說了，自己的咽喉好像也可被人控制的樣子。朱莉知道，如果真的有幾路人馬都在監控，如果各路人馬都是施展各種大法鬥法，那麼各路人馬也一定知道哪些事是他們那路人馬做的，哪些事是其他人馬做的。

有意思的是，以前，朱莉說自己被人監控時，龐文彬那邊總會說是她多疑，後來卻說她確實被人監控了，這時候，卻完全否認朱莉被人監控及控制的說法，只是指責她多疑了。

說明什麼？說明各種奇異的事不全部是同一撥人做的，各撥人都做了一部分。但這個時候每一撥的人都需要讓她相信，他們都什麼都沒有做，只是她多疑了。而每一撥人都已經知道對方那撥人能做到了什麼，自己那撥人能做到了什麼。

他們好像在朱莉的身上互相鬥法。你做的我要拆你的臺，我做的你要拆我的臺。

也許，現在他們都已經知道了，朱莉是完全無辜的，各方都經歷了一場誤會。

現在有一方只需要朱莉相信，所有的一切都只是她的多疑。是她的幻覺。而另一方則需要朱莉相信，她是受到了相關部門的迫害。所以微信裏開始關心她的體重，說她體重過輕，要她好好加強營養增加體重。

而他們之間的幾次交量，也讓他們發現他們的力量其實是旗鼓相當。

一方有能力改變天氣，狂風大作，另一方有能力定住天氣，風平浪靜。一方有能力產生次聲波，另一方有能力破解次聲波。一方有能力控制腦子所想，眼中所見，另一方也有能力做到這一些。

當然，這一切都是朱莉的猜測。

在猜測當中，朱莉離職的當天，雙方就已經經過了這麼一次的交量。其中有一方把一切責任都成功推給了帕特爾博士。這麼來說，帕特爾博士也不是百分之一百的有責任，有一部分責任估計也是有相關方面專門陷害於他的，讓他背鍋的。

在猜測中，那天晚上掀起的大風，要掀翻瓦片大風，也是人為造成的。只是沒有成功，因為被另一方阻止了。

為什麼要掀起她家的瓦片。她家的屋頂有什麼特殊之處嗎？

這之後，在中國的越野跑中，發生了運動員凍死的事，有傳聞那是剛好當局在做一個實驗，就是改變天氣的實驗。

以後的戰爭，有沒有可能是雙方發起天氣戰爭？一方改變天氣把另一方都凍死了，這戰事就算完勝了。

朱莉的想像中，那天晚上就已經發生了這麼一起天氣戰爭。

但是是哪一方想把屋頂掀翻，是哪一方不想把屋頂掀翻？饒是她多麼聰明，她也已經糊塗了。

總之，似乎經過這一系列的交量，雙方都知道對方的存在了，看到朱莉沒有什麼確切的證據表明她是被監控的，圍繞她的高科技戰爭算是暫時停止下來了。

當然，這一切都還是在朱莉的臆想中。至於事實如何？她早已經被搞糊塗了。只知道自己莫名其妙地成為了幾方都感興趣的人，希望現在都已經對她不感興趣了吧。

二十九．一切法無我

洽洽是一只英國短毛貓。是一只雌貓，收養它時都已經快是一只十歲的老貓了，有著各種老年病。現在已經十七歲多了。

朱莉知道它很老了。朱莉很早就有預感它能活得很老。但印象中貓貓活得很長壽的話是能活到二十歲的。

所以朱莉以為它還有幾年的壽命，活到二十歲應該沒有問題。所以當它於那年六月離世時，朱莉雖然知道它作為一只貓已經很長壽了。還是有一點小小的遺憾。

要是當時寵物急診室允許她和她女兒去陪它的話，也許它的病情就不會惡化。要怪，還是得怪那幾年的疫情。

這個遺憾在她心裏呆了一年多，直到後來，她查了一下，發現英國短毛貓的壽命要比美國短毛貓的壽命總體來說要低。英國短毛貓的壽命是 13-16 歲。而洽洽那時已經 17 歲多了。按照英國短毛貓的壽命來說，它已經是最長壽的英國短毛貓之一了。相當於人活過了一百歲。這個發現，把朱莉當時的遺憾才消彌了不少。

地球上的生物最後都是要走的。有始必有終。洽洽已經活到高壽，甚至超過了它作為英國短毛貓的壽命，在生前受朱莉他們家人的寵愛，朱莉也可放下遺憾了。

說到受朱莉他們家人的寵愛。朱莉又升起了一點點的遺憾。相比於從小養大的遊遊，對它的寵愛還是要少那麼一點點。要是能彌補多好。

更何況朱莉覺得它似乎救了她一命。是它把她從惡夢中叫醒。醒來後，朱莉有一個感覺，覺得如果不是它把她從惡夢中叫醒，她可能就會這麼在夢中永遠睡著了。

這個感覺當然是很主觀的。但朱莉相信自己的直覺。

這一年來，經歷了各種離奇超出想像的事，如果說有人想要讓她在夢中永遠睡去，也都不驚訝了。而洽洽則是在當時及時地救了她。

朱莉甚至都感覺有人能把想法強加到她的腦子裏。

比如，當她受次聲波的困擾時，她甚至產生過自殺的想法——過得這麼難受，不如自殺算了。但她馬上覺察，這個想法不是她自己的想法。她從來都是排斥這種想法的。她很小就知道人是有責任的。一個人的生命不只屬於她一個人。母親冒著生命危險生下她，父母辛辛苦苦地把她養育成人，培養她，愛護她，是要讓她有所作為的。如果一個人不能回報父母的辛苦養育，至少不要做讓父母傷心的事。

小時候，她的姐姐因為一件什麼事與母親爭執，摘下戒子項鏈離家出走。朱莉騎著一輛自行車，冒著仲夏的炎熱到處去找她。在找她姐姐的路上，她就已經把這生死的事想通了。一個人的生命不只屬於她自己，她還需對別人負責。比如，她的姐姐就必須對她以後的快樂人生負責。如果她姐姐自私地走了，那她下輩子就不可能再過快樂生活了。

早就想清楚了這一點，很小就想清楚了這一點的人，怎麼可能會產生自殺的念頭呢？所以她馬上瞭解清楚自己不可能有這個念頭，這個念頭不是自己的。自己不光要好好地活下去，還要好好地報答父母及手足的恩情。

看來是有人千方百計地想讓她永遠睡去，讓她自己自殺，後來則是千方百計地想讓她認為自己瘋了。

她才不會上這些當呢。那時，她開始讀《金剛經》，"一切有為法，如夢幻泡影，如露有如電，當作如是觀。"一切都是虛幻的，她為什麼要上那些幻相的當呢。

而且，有邪惡的力量，也必有正義的力量。這世界始終是平衡的。她求助於佛經，通過閱讀這些幾千年的經典，終究讓她正面的心念佔據了心靈。

如果真有什麼神秘勢力，什麼可怕的強大的勢力在背後搞鬼，那所有的勢力也都是有情眾生，也都在佛經能解釋的範圍中。

"一切法無我，得成於忍。"朱莉學會了忍耐。

"世界，非世界，是名世界"朱莉學會了虛幻世界才是世界的真相，沒有世界，只有名義上的世界。那就不再對各種離奇解釋不了的事產生恐懼。

她只深深地看著那些來自外界或自身的幻相幻念，如同看一個深淵。同時鍛煉自己的邏輯推理能力，只是想把一切串起來。

洽洽地離世前，其實已經很瘦了，朱莉想盡一切辦法喂它，用針筒吸了食物喂它，但它還是吃得很少。

而且它的舉動已經很反常了。每個夜晚，它都會在各個房間巡視，並於此同時，發出各種悲哀的嚎叫，與房間的各種莫名的響動，手機的各種莫名的響聲，還有其他各種聲音，以及外面突然打亮的燈光照到她的眼睛等交織在一起，讓人根本無法安睡。

但不知怎麼回事，朱莉卻知道它發出的那些哀嚎是保護她的。具體她也說不清楚為什麼，但既然是它把她從危險的夢境中叫醒，那它現在所做的一切也都是為了她好。

明白了這一點，使得朱莉對它特別有耐心。不管它有什麼需求，都盡可能滿足，儘量讓它過得開心。

洽洽已經不能好好在沙盤裏尿尿了。都是尿在外面的地板。

朱莉最初是買了嬰兒鋪的紙床單鋪在上面。後來，她女兒幫她找到了專門給寵物用的紙床單。主要是給剛養的還未完成尿尿訓練的狗用的。朱莉發現這個紙床單剛好可以用給洽洽。一方面是夠大，另一方面是相比於給嬰兒鋪的，更便宜。嬰兒鋪的因為貴，朱莉一般會把一張剪開來分幾次用。但剪開來後又太小，洽洽經常還是會尿在外面。有了專門給洽洽用的紙尿布後，就好了一些，大多數的時候，洽洽會尿在紙尿布裏，只有少數時候，還是照樣尿在外面。大概那時候，它已經需要朱莉對它投以更多的注意力了。

朱莉一直在等隔離措施放開後帶洽洽去看一下寵物診所。但就在朱莉打完第二針疫苗的當晚，洽洽發生了抽搐。在朱莉安慰下，它很快就好了。那時，已經是周日的凌晨一二點鐘的樣子了。朱莉想等白天再帶它去看急診吧。但實在是等不住了，洽洽又一次發生抽搐。

朱莉當機立斷，馬上決定帶它去看急診。否則，如果洽洽當晚走了的話，她的沒有及時送它去急診的內疚會一輩子都跟隨著她的。

當下不管自己剛打完疫苗可能發燒的情況，叫醒了龐蕤，一起開車去了一家寵物急救醫院。

急救醫院仍然實施疫情期的隔離措施，人不能進去。一個護士來把洽洽抱了過去。朱莉和龐蕤只得等在停在停車場的車內。

洽洽以前是非常害怕去診所的。上次去診所，它慘慘地叫了一路。這次，卻非常乖，一路上都很乖巧，甚至也不抽搐了，完全正常了的樣子。朱莉都覺得是不是這次這麼急地送它來有點多餘了。護士來抱它時，它才叫了一聲。朱莉知道它是希望她們都能陪它進去的。可是，疫情期的措施不允許她們進去啊。她們也是沒辦法。

在停車場等了二三個小時。朱莉期待見到的洽洽會是一只治癒了的洽洽。就像二年多前，以為它那次要走了，沒想到看完病回來，吃了一個月的藥，漸漸地就好了。

可是，這一次，洽洽的運氣沒有這麼好。抱出來時，不光比以前更糟糕了。它甚至不認識人了。

護士說，它在裏面又抽搐了幾次。估計護士也知道這只貓抱出去後再也不會回來了。在抱出來前，就發了一個付款鏈接給朱莉，要她付完了款，才會把貓貓抱出來。

朱莉的心碎了。

到家後的洽洽，沒有任何的好轉。反而是眼光都是散的，不知道在看哪兒，頭到處亂搖，突然又張開大嘴。而且一點都不認識她們了。

龐蕤說：「它的時間到了。我們應該不讓它痛苦太久。」於是朱莉又打了原來洽洽常去的診所電話。

原來那家診所星期天是不開門的。但現在不知道是什麼原因，他們診所也開了急診，不過只限白天。

朱莉與他們約了最早的一個時間。這家診所是洽洽原來不叫洽洽，而是叫「白襪子」的時候，被無殺害組織解救出來後去的診所，也是無殺害組織推薦給她的診所，也是後來洽洽除了急診以外看病的診所。

那家診所還有洽洽叫「白襪子」時候的病例。等於是洽洽的第二個家了。

診所的醫生說它已經很老了，也很瘦了，即使能治好，它估計也已經不會進食很多，最後就是活活餓死。而且看它目前的情形，應該是好不了了，連走路都不會了。不如讓它沒有痛苦地睡過去吧。

朱莉和龐蕤同意了。

在朱莉和龐蕤的守護中，洽洽安靜地在它的第二個家，它被朱莉龐蕤收養後首次拜訪的診所也是它還是叫「白襪子」的時候就拜訪的診所永遠地睡著了。

以它十七歲多的英國短毛貓的高齡，相當於人類一百多歲的高壽而終。後來這個事實的發現，也最終帶走了朱莉的遗憾。它毕竟是太老了。

三十．檢測白蟻的人

人世間再多的磨難也阻止不了時間的腳步，靜悄悄地，一分一秒點點答答地走著，這就到了七月份了。天氣晴朗，陽光正好。

朱莉正在廚房做飯。突然看到窗外飛過一群白色的飛蟲，朱莉知道是白蟻又開始出窩，尋找新的駐地。

飛白蟻出來的不是時候，剛好是趕上了陽光明媚的白天。能在陽光普照之下，生存下來的，肯定不多。不知有沒有白蟻能在被陽光曬死之前找到安身之處，並完成和另一個白蟻的交尾。如果不能完成這兩樣，那麼這一整片的白蟻就會在一二個小時內死去。

大自然就是那麼殘忍。更何況，人類根本不歡迎白蟻。在室外也罷了，畢竟不會損害到房子，最多把人類種植的樹木毀壞了而已。

但是，一旦白蟻進了房子，那是任何一個人類都必須做出的決定：除去它們還是等待房子被毀。對非佛教徒來說，要作出這樣的決定，並不難，幾乎肯定沒有一個人會選擇等待房子被毀，肯定是選擇找人除去它們。

對佛教徒來說，則會是一個艱難的決定。因為佛教徒不殺生。

對於朱莉這樣不是佛教徒但傾向於佛教的人來說，也是一個比較艱難的決定。畢竟她認同佛教的不殺生。

但是，自住的房子也直接關係到人類的生存大事，吃穿住行中排行第三，而且這個房子是朱莉他們在美國的最大的財產。

在這種情況下，大自然的法則也同樣被運用於人類了：弱肉強食。人類也是大自然的一部分。

去年的這個時候，那還是二零二零年。也是四月的一天。朱莉看到客廳的牆壁裏縫隙裏湧出一團一團的什麼飛蟲時，她的汗毛一根根地豎起來。

她最恐怖的夢境變成了現實：從一開始，她直覺地知道這些飛蟲就是白蟻。儘管她之前，從來沒有真實看到過白蟻是長什麼樣子的。

她多麼希望自己的猜測是錯的，那些只是普通的飛蟻，或者其他的飛蟲。但網上一查白蟻的樣子，就是眼前看到的樣子。

嚇死了。房子馬上就要被白蟻蛀空，整個房子很快就要被毀的情形立即就出現在她眼前。

想像中房子已經倒了下去。她與女兒成了無家可歸的人。

她顧不上細想，拿起水來倒在了上面。

突然畫面中又出現了小時候，有小夥伴喜歡往螞蟻洞裏澆水看它們掙扎的樣子。

多麼殘忍的人類啊。現在她是知道了，那些小螞蟻也都是生命。她在現實中，也是從水裏或蜂蜜裏會救下一只只小螞蟻的，把它們放生。

但現在，她在做什麼？她正在殺死那些小飛白蟻，而且絕望地認定：她別無辦法。

而且，如果讓她女兒幫忙的話，她寧願自己做這件事，這個罪孽不要讓女兒經受。

白蟻飛得當處都是，朱莉拿著一塊濕布到處捕殺。

她覺得自己快受不了了。

她果然沒受得了。不知道是心理造成的衝擊太大還是殺生帶來的後果，當天晚上，她的老毛病發作了。

她的心跳的毛病發作了。心跳一分鐘達到二百下。

已經過去一個多小時了，她知道她必須去醫院。

龐蕤想送她去醫院，被她竭力勸住了。那時，正是疫情最兇猛的時候，醫院是個病毒最多的地方，她可不想讓女兒感染了。

幸運的是，醫院裏人不多，遠沒有到醫院裏人飽和了的樣子。說明，美國做的壓平曲線，讓峰線不要過高的做法是成功的。沒有造成醫療擠兌。

倒是醫生，雖然見朱莉戴了兩層口罩，還是一直與她保持著距離。以往，醫生都會靠著她，有的甚至會握著她的手讓護士注射讓心跳減速下來的針。而這次，這個醫生離開她幾米遠的地方，遠遠地指導護士打針。

當然，不知道是她避開朱莉，怕朱莉感染她，還是怕她感染朱莉。因為那個醫生在過程中會不停地咳嗽幾聲。

醫生胖胖的，不光咳嗽，還沉重地喘氣。兩條大腿很粗，朱莉聽到她走路的樣子，總會想起大象的腳。

打完針後，護士們抽了血，給朱莉輸上液，就讓她獨自在各種儀器的監控下躺著了。這時，聽到有護士來問，有女兒打電話來，找媽媽，是不是就是找她。她認真聽了名字，聽上去像是她的姓，但不確定。這時，龐蕤打電話來了。朱莉就知道那個打電話找的人不是她。就說："不是，我女兒正打電話過來，說明那個打電話的人不是我女兒。"

朱莉向龐蕤確認了她已經心跳正常了。龐蕤說要不要她來接她。朱莉說不用了。再說，她開著車來的，還得把車開回去呢。而且已經好了，那就恢復正常了。再說，當時就是不想讓她冒感染的風險才不讓她送去的，這時候，當然更不要讓她接了。那時已經是臨晨一點多的時候了。

最後，醫生拿著檢測單來了。醫生照例離她遠遠的。說："你的血糖可是很高呢。你回去後，要約一個心臟病醫生，也要約一個家庭醫生。"

朱莉想：自己從來都不是高血糖啊，怎麼可能會血糖偏高，以前記得一直是低血糖的，還因為低血糖暈倒過。

於是，朱莉把這個顧慮告訴了醫生，醫生說："你有沒有打過疫苗？"朱莉說："打了兩針。""什麼時候打的？"朱莉把日期告訴了醫生。

醫生說：“可能是疫苗造成的後遺症，現在發現疫苗有造成高血糖的可能性。”

回到家，朱莉把口罩什麼的都扔了。先上樓把衣服什麼的也都換了。把手清洗了。再戴上一個口罩，本想走到地下室跟龐蕤說一聲的，臨到地下室門口，改了主意，最好也不要下去了。就在地下室門口與龐蕤打了一聲招呼：“媽媽已經回家了，我不下來了，怕病院裏帶來病毒傳給你。”

龐蕤聽到朱莉已經平安到家了。也就高興地答應一聲。為了她母親，她一直等到現在還未睡覺。

朱莉與龐蕤當晚未見面就上樓睡覺了。

身體恢復後的下個星期，朱莉就約了二個治白蟻的專家上門估價。一家是全國有名的連鎖公司，另一家是當地的公司，那家當地的公司是龐蕤推薦的。連鎖公司是朱莉上網查的。最後決定選那家當地的公司來治白蟻。

價格不菲，一千多美元。但再貴也得用呢。還好，只有那個連著車庫的牆壁裏有白蟻，別的地方都沒有。而且那個連接車庫的客廳相對獨立，下麵既沒有地下室，上面也沒有第二層。說明除了客廳以外的整個房子不受影響。

而且，朱莉這時也查了好多白蟻的資訊。如果聽之任之，不做任何改變，這樣的形勢發展下去，至少還要三年五年白蟻才會把一個房子蛀得沒法住。所以房子被破壞，朱莉他們無家可歸的情節不可能發生。

而且治白蟻的人說，飛白蟻能飛出來，說明這個地方已經有白蟻大概有三到五年了，才會發展到這個規模。

原來以為白蟻破壞會非常快的，現在看來，沒有朱莉想像中的快。所以，心情倒是沒有以前那麼糟糕了。

再一看，那個白蟻是從靠著車庫牆壁的放鋸木頭電動鋸子的紙箱到牆壁的。紙箱靠著牆壁的那側已經被白蟻蛀空，然後又蛀入那堵牆壁。

這白蟻看來是從電動鋸子鋸木頭的時候帶來的，在紙箱繁殖，又因為紙箱靠著牆壁而最終在牆壁裏做窩了。又發展了三五年，就成熟，要搬家了。

三五年前，倒底是鋸哪個木頭的時候帶來的？

朱莉想了想，懷疑是當時鋸在西佛吉尼亞房子周邊的木頭時帶來的。

買那個西佛吉尼亞的房子已經帶給她家太多的災難了。目前白蟻的事居然也是那個房子帶來的。

朱莉由窗外的白蟻想起來去年發生的事。又想起，讓治白蟻的人來做例行檢查的時間也已經到了。那個治白蟻的人前幾天就已經發信息給她，與她約時間上門來做例行年檢。她還未回復呢。她那個房子這一年來，因為疫情，還沒有讓任何人進入過她的房子呢。要不要讓治白蟻的人進入呢？

然而看到這些在陽光下飛舞的白蟻，朱莉知道自己只有一個選擇：就是儘快約時間讓治白蟻的人來做年檢。

又想起去年，那個治白蟻的人帶著一個助理來做檢查時，洽洽還在，它不象以往一有生人就躲起來，很罕見地下了樓，還不停地來回踏著雙腳表示歡迎的樣子。那個助理就與她聊起洽洽多少歲了。又說他也養了兩只貓，還把貓的照片調出來讓朱莉看。那個助理幹活非常消極怠工，而且總是借機找朱莉聊天。朱莉覺得他不是一個好員工，但看在他的兩只貓貓的份上，朱莉還是對他印象不錯。

他走後，朱莉發現他留下了一副舊手套在朱莉家的陽臺。朱莉本想要不要聯繫一下治白蟻的人告訴他助理留下了手套在朱莉家，但又一想，他還帶走了一盒朱莉放在車庫的垃圾袋，所以就沒聯繫。

那盒垃圾袋朱莉沒打算整盒送他的，而是說：牆壁挖下來的髒物，如果他想要用的話，他可以用她家的垃圾袋而不是用他們公司的。他當時就感謝了一番她，可能是錯誤理解成可以把整盒的垃圾袋都拿走吧。

才過了一年多，這次如果他來，問起洽洽，那個洽洽已經走了。想到這裏，朱莉心裏又是暗暗一陣悲傷，這一二年，真的有物是人非，滄海桑田的感覺。

自從除了白蟻後，可能是為了讓一顆傾向於佛教的心得到平靜，朱莉開始對碰到的昆蟲都留了心。殺白蟻實在有她不得已的理由，因為它們會對朱莉家造成莫大的損害，屬於保護自己的做法，但如果對其他對自己無害的昆蟲也都加害的話，那就說不過去了。

沒想到自從她對昆蟲上了點心後，她在她家發現了好多次根本不認識模樣也長得怪怪的昆蟲。

朱莉小時候是在農村長大的。有什麼她不認識的昆蟲？

而且有什麼是在家裏生存但卻不認識的昆蟲？

但反正朱莉這一年就是註定要與一切世上的奇異怪事打交道了。遇到的昆蟲也怪之又怪。

那天，她就遇到一只很大的有翅膀的昆蟲正在往玻璃門上爬。翅膀是白色的，但身體是黑色的，朱莉馬上關注它有沒有腰。因為要辨別飛螞蟻和飛白蟻最主要的一點是：飛螞蟻有腰，而飛白蟻沒有腰。

而這只昆蟲是沒有腰的。這讓朱莉吃了一大驚。雖然它不是白的。還是用一個瓶子把它裝起來了而沒有馬上放生。立即查了一下互聯網。結果看到圖片中有飛白蟻的身子真的有黑色的，而不是白色的。

去年受白蟻的驚嚇還未完全消退。如果在瓶中的是一只白蟻，那她就不能把它放生了。又查了互聯網，互聯網說：這樣的飛白蟻如果抓起來，不吃不喝，它最多只能活二三天。朱莉想：那就再觀察一下吧。

第二天早上，朱莉再去看那瓶子，發現那只昆蟲已經死了。那麼要不證明這不是一只白蟻，而朱莉沒有及時把它放生。要不證明這是一只白蟻，但它比較短命。

無論如何，它還是死了。而直接的原因是朱莉沒有及時把它放生。

又是一件與佛教精神相違背的事。但朱莉也怕它確實是白蟻，那是不是說明她的家裏還有白蟻存在？

所以雖然朱莉不想讓任何外人在疫情期間進入屋內，但這一次又看到窗外的飛白蟻，知道自己無論如何都要請治白蟻的人再上門查一下。

治白蟻的人上門來了。朱莉等他查完後讓他在那個玻璃門之間再好好查查。

他說：“怎麼？你在那兒看到了什麼嗎？”

朱莉說：“上次看到了一只很大的像飛白蟻一樣的昆蟲在門上爬。但身體顏色是黑色的。”

那個治白蟻的人說：“如果真有白蟻的話，不可能只有一只白蟻的。你是只發現了一只嗎？”

朱莉說：“是的。”

“那就說明不是白蟻。”

朱莉這才完全放下心了。就是說，在她的房子裏，再也沒有白蟻了。

但同時，也知道無意中又害死了自己關在瓶子的不知道是什麼的昆蟲。

可能是受到了那只昆蟲的報復，自從那只昆蟲死後，她很快在樓上也發現了幾只非常奇怪，從來沒見過也不知道是什麼的昆蟲。

那時候，洽洽還沒走。朱莉看到它正在盯著一只昆蟲看。朱莉趕忙阻止它。“洽洽，你有那麼多玩具，幹嘛還要玩人家昆蟲。來，讓我看看這是什麼？”

洽洽本來想一抓子啪下去的，這時只得不情願地離開。

那只昆蟲一看洽洽沒再盯著它趕緊跑了。跑得太快了，還沒等朱莉看清楚全貌，就已經飛快地躲到毯子裏去了。朱莉只大致看清楚是一只象蠍子一樣的昆蟲，但又不全像。又是一只奇怪的昆蟲。

朱莉見它躲起來了，也就算了。

後來，朱莉又看到了它一次。這次看得更清楚了。確實不是蠍子。但也不知道是什麼昆蟲？只覺得模樣長得很怪。

想起上一次不明來歷的昆蟲關在瓶子後第二天就死了，朱莉這次決定放過它。任它去吧。

但以後，卻再也沒有見過這個昆蟲。

有天，朱莉忽發奇想：如果把它們都當作竊聽器，當作是電子產品，是不是也不算過份。她經歷的怪事已經夠多的了，如果證實它們確實不是大自然的產物，是人工的，那也不算稀奇吧。

從竊聽器的猜想引申開去，讓朱莉又發現，她房子外面飛的鳥，有些也可能不是真正的鳥。如果把它們認為是電子產品，也一定不算過份。

而且，即使是真正的鳥，如果把它們認為從一開始就有人有目的的養著這群鳥，有目的地飛在這個社區，有目的地出現在朱莉家門外，是不是也是有可能的？

那麼如果這個可能性是有的，那是誰有目的的養著這個鳥？目的又是什麼？

如果那些鳥都有可能是有人有目的的養的。那麼，她家收養的幾只貓，是不是也是有人有目的地讓她家收養的？

想到這些，朱莉早已經不再驚恐，畢竟她親眼看到過屋外停的普普通通的一輛黑車，在監控器中是兩輛警車的樣子。畢竟她親身經歷了新聞裏外交官在別國大使館經歷過的次聲波事件，親身經歷了類同於發生在白宮裏的莫名其妙的響聲，還有什麼是不可能的呢？

特別是洽洽，它以前的家庭就是因為主人得了精神病住進了醫院而被解救出來的。如果是有人讓它的主人得的精神病，那是不是也有人可以讓她得精神病？而她能感受到的種種怪事，就是有人試圖讓她瘋了，或讓人試圖相信她瘋了。

如果再想深下去，關於昆蟲的怪事，也不是只止於上面提及的那些。

那時候，剛好是幾十億只蟬從地下面世，朱莉陪龐薇去檢查牙齒。到了牙醫診所，她等在等候室，這裏就發現她的衣服後面有翅膀振動的聲音，脫了衣服後，一只蟬就爬到了地上。朱莉趕忙把它抓住，放到了門口。

就在這時，正在前臺簽到的一個三十多歲的男的，也從身後抓起一只蟬，放在門口。

這兩件幾乎像是不可能發生的事情就這麼湊巧地接連發生了。

如果朱莉想給它一個解釋，朱莉傾向於把它們解釋成竊聽器或定位器。不是真的蟬，而是電子產品。

三十一．路上走的是真人嗎？

經過辭職、次聲波及各種奇異怪事後，朱莉的生活漸漸開始安定下來。

龐蕤也大學畢業了。朱莉覺得得去外面走走了。不能老是困在房間裏。

走的時候，路過一個社區的公共操場，看到那兒有張社區地圖。

朱莉突然想起來，以前查隔壁鄰居家的地圖覺得挺怪的。在她家與朱莉家之間有一條很深很黑的線，不知道是什麼，像是鴻溝似的，但事實上什麼也沒有，就是正常的兩家相隔，與另一家鄰居家的隔間沒有什麼區別。一直納悶。

所以這次看到有社區地圖，就特意上去看了一下。其實那個社區地圖一直都在的，或者朱莉以為是一直都在的。但直到搬到這個社區十年以後這時才是第一次看。

看了以後，發現那個社區地圖上，她家與隔壁鄰居家之間也是有那麼一道黑色的彼粗的線。這到底是什麼呢？

朱莉又看了看自己的其他左右前後的鄰居家們在地圖上的樣子。發現這個社區的分佈非常好玩，好多家如果開車的話都需幾分鐘的時間，但走路的話，卻會比開車還快得多，因為那些房子都是繞來繞去旳。不知道當時新開發那個社區時，為什麼要開發成這樣？更奇怪的事，每個房子之間都不是隔著一個數。比如單號的一邊，從

19433 接下去不是 19435，而是變成了 19437。雙號的那邊也是一樣，從 19432 接下去不是 19434 而是 19436。再加上路繞來繞去的，一會變成這路一會變成那路，有的房子雖然只隔了一個房子，但路的號碼依據的路名是不同的，所以號碼也會直接變得非常不同。

為什麼要設計成這樣的號碼？朱莉實在想不通。難道四十多年前，要開發社區的時候，設計師未想定是要設計成兩個房子並排的聯排屋還是獨立屋嗎？即使在決定了要建成獨立屋後，也一直存著也許可能改成兩個房子聯排屋的念頭，所以申請這樣的號碼？以便以後如果改成聯排屋的話，每個聯排屋可保證有一個獨立的房子號碼？

朱莉在這個社區住了十一年了，從來未像現在那樣，對這個社區的設計師充滿了疑惑。甚至對這個社區充滿了疑惑。她是太不了解這個社區了。

作為一個職業女性，又喜歡擁有自己隱私的獨立女性，她從來未曾去瞭解過她的鄰居們。這個時候，她總覺得這整個社區充滿了秘密。

走著走著，又走到了捷徑小道那兒。穿過兩個捷徑小道，就能很快到達自己的家。她選擇走上捷徑。第二個捷徑小道上的第二個房子就是麗莎的家。

這時，她剛好看到麗莎正在彎腰整理她的菜園子。要是照從前，朱莉肯定選擇默默地走過去了。

但是現在的她，經受了這一系列的遭遇打擊，又經過了很長時間的封閉，朱莉特別想找人聊聊，特別是能共同聊中文的人。而且，她覺得以前她因為太注重隱私，結果在社區鄰居裏沒有什麼私人朋友，所以是時候結識幾個朋友了。

中國老話：在家靠父母，出門靠朋友。又說：遠親不如近鄰。在這個異國他鄉雖然已經入了籍，但內心還是孤獨的。還是應該多結識幾個鄰居。

想到這兒，朱莉上前與麗莎打了一個招呼。

麗莎走上來，和朱莉一起隔著兩邊柵欄聊聊種菜啊，孩子畢業去向啊，最近忙些什麼事啊……因為朱莉還戴著口罩，而麗莎因為在勞動，未戴口罩。所以倆人相隔有一段距離聊天。

用中文與麗莎聊天讓朱莉感到放鬆了不少。

也就是在這個聊天中，朱莉問道："我們斜對面的那家房地產仲介好像已經搬走了。現在是一家墨西哥裔的一家人住了進去。"

麗莎說："哎，她家啊。我不想說，說起來太傷心。她家的兒子去世了。"

"啊！"朱莉大吃一驚。她還是第一次知道這件事。

"什麼時候的事？"

"去年的事了。"

"怎麼回事？"

"我不想說，說起來傷心。"麗莎的表情也變得悲切。

朱莉知道不好問下去。而且她也受到了很大的驚動。所以也好久說不出話來。

現在看來，那個房產經紀人做房產一直沒有做起來，現在孩子又去世了，看來她家前面反弓路帶來的風水還真的是很凶的。

這時，看到對門鄰居隔壁的南西夫婦兩人從那條捷徑走過來。不知道為什麼，朱莉見到他們的時候，感覺見到的是兩個假人。

首先臉部的顏色都比平時來得發黃，另外，兩個人一點表情都沒有。

兩人沉默著就要經過她們。麗莎邊與朱莉介紹："這是你斜對面的鄰居。"邊就與他們打了招呼："Hello, How are you doing?"

平時，那兩夫婦經常在社區散步的，態度也都不錯。

這個時候，竟然，連頭都沒扭向朱莉和麗莎她們。也沒回答，也沒任何表情，只是一徑兒地走了過去。

朱莉看到這個情形，更是產生了剛剛所見即是兩個假人的感覺。

朱莉突然想起，當時她用無線的監控器看到他們時，看到他們在監控器裏來來回回的出現，但自己跑去窗口看時，有時會發現路上根本未見兩人，要等過一二分鐘才看到兩人從那邊走過來。是不是因為當時在監控器上出現的也只是兩個假人？

又想起那一輛普通的黑車，在晚上的監控器上出現的是兩輛開著警燈的警車。

是不是現在所見的那兩個人其實也只是立體影像，而不是真正的人。

如果是真正的人的話，麗莎這麼對他們打招呼，至少是要答復一聲什麼的吧？難道他們的耳朵是聾了？也不可能是兩人都同時聾了吧？

朱莉又想起，她第一次因為受不了室內的雜訊跑到車庫外時，隔壁的馬克也跑了出來，朱莉看到他的時候，他的臉色及整個人也確實是像馬克但又不像馬克，也似乎是一個假人。

難道生活在她周圍的好些都是假人。或者是有人用最新的科技，投影的幾個立體的人像。

前者聽上去完全不可思議，但如果是後者的話，那說明馬克和南西都不是普通人，不是普通鄰居，他們都是有著特殊任務的人。

也說明，即使在她以為一切都已經平復下來，安定下來的時候，其實她是仍然受著那些特殊部門監視的。

突然間，朱莉有一種社區裏住著的很大一部分人都其實有著特殊的身份，目的是監控像她那樣的人。

但現在自己已經辭職，完全是一個自由公民，沒拿政府福利，也沒經手有關政府的工作。為了謀生，她自己在做一個小小的出版社。一個中文類的出版社。等同於一個自由職業者。

而她的女兒也已經畢業，現在也在做一個自由職業者。

就這麼普通得不能普通的人，有什麼還能讓特殊部門感興趣的地方？

這時，她的腦子突然聯想到麗莎說的那個房地產仲介鄰居馬娜的兒子。他的年紀應該比她女兒大不了幾歲。他好端端的，怎麼會突然離世？

然後，朱莉又覺得，也許所有的一切並不是針對她的，而是針對她的女兒？

她女兒想繼續讀神經科學的博士學位，申請了相關的學校。難道是她的學科太敏感了？

麗蕤的本科的第一個專業是美術，第二個專業才選的神經科學。學美術的非常少有人再讀一個專業，即使讀大多會選擇讀一個 Minor，而不是一個 Major。她女兒不光讀了一個 Major，而且還按時畢業，還拿到了大學獎，是獎給整個四年 top 20%的學生的。

朱莉很為她的女兒為豪。在她眼中，所有美術好的孩子都很讓她服氣，而她女兒是她眼中創造力最強的人之一。她女兒學美術就已經讓她很佩服，現在又把一個神經科學的專業以很好的成績拿下。她更是對她雙重的佩服。

但她心裏是不贊同她女兒學神經科學的。作為對她女兒一慣的認知，她的科學素養雖然均在當時美國排名前一百名的高中中都能排平均線以上，但科學畢竟不是她的長項。她在科學方面很難有所作為。

她女兒與她相比，在藝術和創造力方面均超過她，但在科學素養方面應該來說，不如她。但她不想拂了女兒的一片熱情，所以也沒有勸阻。畢竟有在排名前一百名的高中的同學中平均線以上的科學素養就足以對付那些學科。她女兒想讀完一個博士學位後在大學任教，以她的科學素養在大學當個普普通通的老師應該還是可以勝任的。而且讀了研究生院一般也有獎學金了，所以也等於可以做到經濟獨立。儘管她可惜她女兒在藝術方面的好天份，但畢業靠藝術賺錢還是難了一點。因為這些方面的考量，所以她雖然對她的選擇心有遺憾，但也覺得可以接受。

現在，當她再次考慮到她的安全問題，她就反對女兒讀博士了。

這幾年，世界太亂。是亂世。

很多發生的事總讓人感慨一句：匹夫無罪，懷璧其罪。光光就因為你多一份學術，多一份科學研究，接觸一個頂尖專案，就會給你帶來災難。倒不如安安心心做做藝術，做做自由職業者，過個普通的生活來得安定。

這次，又經房地產仲介鄰居馬娜兒子的事一驚嚇，再加上她恍惚她仍然生活在監控之下，種種的原因，讓朱莉就開始反對她女兒攻讀博士了。

先是跟她女兒說：即使當了教授，也很可能不用教書，比如她的以前的同學，現在就是美國最頂尖大學的副教授，他就不用教書。因為朱莉知道她女兒喜歡的是教書而不是作研究。

又說：如果要當個好的教授，就得做些專案，結果就要把很大一部分的時間用來獲得政府資助上，用於搞錢的上面，那是非常無聊的事。又說了當藝術自由職業者的種種好處。又說：她認為龐蕤的最強之處在於藝術創造力，人就應該做自己最擅長的事情去。

但她女兒就是聽不進去。一心想要申請研究生院。當然她女兒有這一點好，就是申請的一定是最好的幾所研究生院。她說：如果申請不上，她會找工作的，到時一邊工作，一邊再想想是否再申請研究生院。

所以朱莉一直心裏抱有希望，希望所有她申請的研究生院都拒了她，這樣她也不用去上研究生院了。等一工作，如果藝術方面的工作得心應手，也許她女兒就會放棄讀研的事了。

可憐天下父母心，為了孩子的平安，寧願他們選擇一個普通的職業，而不是一個可能給他們帶來榮耀的職業。

在申請研究生院的同時，龐蕤也開始了自由職業工作，幫人設計遊戲人物形象，設計動畫，設計視頻開首等，自己也做了一個電競主持人。居然還做得不錯，業務是一個月比一個月做得好。藝術方面的成功，給龐蕤帶來了信心。

龐蕤說：“如果研究生院沒申請上，就以後也不申請了，覺得做電競主持人挺好的，挺開心。”

到十二月的時候，申請的結果都出來了，應該是如朱莉所願都被拒了。而龐蕤這時也成了那個遊戲網站的合作夥伴，有了一份穩定的收入。申學的失敗被成為合作夥伴的成功所沖淡。

龐蕤說：以後不准備申請研究生院了。朱莉連忙鞏固這來之不易得之所願的結果，大大地把電競主持人的成功誇大了一翻，又把走學術之路給貶低了一番。又說："你不是喜歡當老師嗎？你也可以在視頻裏教人畫畫什麼的啊。"

她知道龐蕤也在自己主持的頻道中教人學畫的，教人學畫，自己也要畫啊，她女兒最強的地方就在於美術和創造力啊。這樣不光自己的強項也沒放棄，又能掙到錢，還能時間自由。更重要的是，目前的國際形勢下，特別是華裔，走學術的路，風險實在太大了。

某個研究虛擬幣的知名華裔科學家前不久剛發生自殺事件，據說是因為憂鬱症。但在朱莉所在的一個小群裏，有個知情的人說："自殺之前，鄰居還看到他和他妻子在社區有說有笑地散步。散步了一會兒，他說，要回家一趟，忘了一個東西。他妻子隨後回去後就發現他已經從樓上跳下來了。"言下之意，他根本沒有憂鬱症，在跳樓前，一切都還是好好的，正在放鬆地在社區和妻子散步休閒。所以他的死是一個謎。那個知情人還隱晦地說："他出事是因為從一些國家拿了不少大資金，牽涉到兩個國家的安全了。事鬧得有些大。所以他不得不死。他一死就替很多人保守住了秘密。"

朱莉聽到諸如此類事情，無不心驚。而諸如此類的事，這一二年來，發生得如此頻繁，普通人如她，都遇到了這麼多無法解釋的奇異怪事險事，更使她無法支持女兒去讀什麼高科技的博士學位。

她又再次想起龐蕤的光頭叔叔裘平。聽說，他就是在美國讀核子物理，後來在紐約的頂尖大學做博士後，又回去北卡的某大學做教授。是不是也是因為學的學科太高深太敏感，才有了這樣的遭遇？

如果他當年沒有出國，一定不會有這些事發生的。

裘平與朱莉也算是有點緣份。她不光在中國見到過他和他妹妹以及他父母，一起吃過飯拍過照，在車站上遇見過他。即使在美國，朱莉一家也去他家住過一宿，見到過他的老婆。他家則來過朱莉家兩次。

第一次來的時候，她和龐文彬龐蕤已經住進了剛買不久的一個聯排屋，裘平和他老婆以及他的丈人丈母娘來華盛頓旅遊。他和他的老婆就在書房的地上鋪上睡袋睡的。而他的丈人丈母娘則是把龐蕤的一間房騰出來睡的。那時她女兒才四歲，她特別喜歡睡那個光頭叔叔的睡袋。

記得那時，他的丈人與朱莉聊起來說："我女兒過得實在太苦了。我的大兒子小兒子在中國都過著很好的生活呢，大兒子在銀行工作的，小兒子在外企工作，就我女兒在美國連自己的房子都還沒有。"想想他女兒與她一樣都是寧波人，寧波人當時確實都過著很好的生活了。相比而言，他們這些留學生們太苦了。讓做父母的擔心了。

朱莉想起她的母親也是反對她出國的，也是怕她在美國受苦吧。

還好，龐文彬畢竟是在工作的，貸款頭款當時很低，他們付了 5% 的頭款就買了一個普通學區的兩層的聯排屋，說是 5% 頭款，因為還有仲介給他們的返點，總共他們只化了五千美元包括了頭款及手續費就買下了這個聯排屋。後來又掏了一千美元作了最簡單的裝修。雖然與在中國時相比，生活艱苦一些，但總算有了一個自己的家，而且是當時中國城市裏尚不多見的聯排屋。而裘平他們真的還是一無所有。租的房子，兩人都還在讀書，獎學金只供生活的開銷。也難怪作父母的要為自己的女兒感到心酸了。

後來，裘平與父母和老婆又來了一次，那時，朱莉他們仍然住在那個聯排屋。又把龐蕤的房間讓給了他的父母住。

他的父母在國內都算是科學家，在核子物理研究所工作很久了，很客氣。邀請朱莉以後回國再去他家住一陣。

與朱莉他們這麼有緣的一個人，突然就走了。真是不可置信。

他因為什麼原因走的？沒有人確切知道。只知道他走的時候，他母親就在他家做客，他妹妹本來也在的，提早回國了。結果他突然就走了。

人家問他母親，他母親都說他在美國工作呢，工作忙，回不了國。

會不會也是因為他涉及了一個敏感的專案，而被不明不白地去世。

這也是朱莉一直在心頭思考的一個問題。

但無論如何，如果他沒有出國，他一定不會以這種方式離開。

也許，一切都是命中註定？他以為是奔僕一個光明的前景，結果卻是奔僕他的命運。

命運啊，多麼不可預知，多麼無常的命運。

但他有什麼秘密可帶走的。他就是一個平平凡凡的人，讀一個平平凡凡的大學，在一個平平凡凡的大學教書，為什麼這樣的人，不能讓他平平凡凡地老去？

或者，他真的有什麼秘密？那是一個什麼秘密？

他走了，也把一切秘密都帶走了。還能再找到頭緒嗎？即使有頭緒，朱莉想找嗎？

朱莉只想避開一切麻煩，即使知道他帶走了一些秘密，怎麼可能去自找一些麻煩？

從房地產仲介兒子想到那個華裔科學家又想到龐蕪的光頭叔叔。突然，朱莉有了一個驚天的發現：

好像環繞著她的一家，有很多人都出事了。

而她家也在其中，她自身遭遇的種種離奇經歷，好像不是只是一個結束，而是一個開始。

而現在生活的社區就有很多謎。社區當年的設計師是誰？社區裏都住著誰？為什麼覺得整個社區而不光光只是她家都籠罩在一種莫名其妙的監控中。好像是社區的人互相監控著，但整個社區又被什麼監控著。

社區裏甚至可能住著一些假人，社區裏遇到的人不一定是活生生的人，而是一個影像。

社區裏誰搬出去，誰搬進來也好像是一個安排，誰住在誰的邊上也好像不是偶然。甚至朱莉出門去走一趟，究竟會遇到什麼，遇到一只鳥，遇到一只什麼鳥，那個鳥在遇到的時候正在做什麼，一片樹葉，是一片什麼樣的樹葉飄落，飄落到什麼地方，以什麼樣的姿勢飄落，一陣風從哪個方向刮來，一個人朱莉遇到時正在幹什麼，以什麼樣的表情向朱莉打招呼，穿著一件什麼樣的衣服，手上拿著什麼樣的工具，都是精心安排好的。都像是一場演出。

劇本已經準備好了。劇本已經背熟了，佈景已經佈置好了，鳥該上場了，風該刮了，一個人彎腰在打掃雜草該開始了，而一個不知情的演員，該上場了。那個不知情的演員就是朱莉。然後，鳥兒該叫幾聲了，並拉下一團屎，不要拉在朱莉的頭上，要剛好拉在朱莉的邊上。讓朱莉心裏產生一個：“好險，幸好運氣不錯，沒拉到頭上”的念頭。然後那個念頭又被打擾，因為一陣風吹來，吹過一片六邊形的黃葉子，那片黃不要純黃，要帶一點點枯敗的意味。朱莉心有感慨：“一葉知秋，秋天快來了。很快又要掃落葉了。”這時，這個正在打掃雜草的該起身了，她是一個胖胖的看上去有點慈祥的女人，好像一切都能包容，因為在室外勞動，口罩已經沒戴著了，她用一種愉快的表情，向朱莉打了個招呼：”Hi, good weather, isn’t it?”朱莉也還以愉快的表情，跟她打了個招呼。然後朱莉的眼光落在那個胖女人房子室外開得甚是美麗的花兒，感到愉快，心想：“這個社區畢竟還是一個非常漂亮的社區呢。到時如真的搬走，這個價位，哪兒還能找到這麼美的社區。”這時，一群鹿應景般地從路的一端跑到了路的另一端，跑的時候尾巴翹起，露出了白色的毛色。

三十二．賣狗屎袋的小孩

不知從什麼時候起，朱莉的屋前出現了兩個小孩，一個是墨西哥裔女孩，一個是白人女孩，年紀就在上學年紀上下，六七歲的樣子。也可能平時在上學，也有可能平時就呆在家的。

那個墨西哥裔的小孩就是房地產仲介搬走後新搬來的那家的孩子。女孩有點胖。這些天經常與那個年紀相仿的白人女孩在屋前玩或者騎自行車玩。後來，朱莉慢慢地出去散步多了後才知道那個女孩也是與她家隔了好幾家的鄰居家的孩子。

朱莉已經有好幾次在她家的垃圾箱裏看到裝有狗屎的袋子。也不知道是誰放的？

按說，這是她家的垃圾箱，別人沒有權利在裏面順便放東西的。

收垃圾的人現在因為不是把垃圾筒直接倒在垃圾車裏，而是一袋一袋地把裏面的垃圾袋拿出來扔到垃圾車上。所以總會把那幾袋狗屎剩下，狗屎袋與垃圾袋比起來太小了。而且在垃圾箱的底部，恐怕也不太好拿。

朱莉的另一個奇特的想法是：收集垃圾的人故意把那幾袋狗屎留在垃圾箱內，以讓人產生她家屋裏有狗的想法。甚至，那幾袋狗屎都是有人故意放進朱莉家的垃圾筒的，就是為了讓什麼人產生她家裏養有狗的想法。

為什麼要這樣？朱莉就解釋不通了。只是，那陣子，天天都有在她家門口來來去去走過溜著狗的人。大狗小狗，黃狗黑狗白狗，什麼樣的狗都有，什麼樣的溜狗人都有。這種情形朱莉還真想不起來以前曾經有過。

然後，某一天，就看到在她家對面，菲律賓家庭何塞前院的草地上，坐著那兩個小朋友，在她們的面前，散放著一堆狗屎袋。

朱莉本來想出去散步的，這時，也不想出去散步了。這幾天圍繞狗這件事，發生了一些從來沒見過現象。溜狗的人不光天天都在她家門口來來往往，甚至她家後院對面，那個野公園，也不時地有溜狗的人。以前別說溜狗的人，就是人都很少在那兒見到，畢竟那只是一個荒無人煙的野公園。朱莉在這裏住了十一年了，只在這一年，看到她家後院那兒的野公園時不時地有溜狗的人。

但朱莉一想，該散步還是得去散步，不能因為這些離奇的事，連散步都不去散步了吧。更何況，她走出散步這一步，也是不容易的，以前因為在散步時碰到兩次疑似跟蹤她之事而再也不外出了。自從覺得生活又逐漸地恢復了正常，才慢慢開始出去散步的。已經在家裏困了太久了，不能因為這次狗屎袋及狗的事再退回到家裏。再說，離奇的事，她今年經歷的還少嗎？這陣子一直都是經歷無法得到解釋的事啊。多一件少一件，有什麼區別？

所以，朱莉還是穿上外套出去散步了。回來通過徒徑小道走回家。

兩個孩子都向她打招呼，她也不想失禮，也禮貌地打了一聲招呼。結果那兩個孩子叫住她了，要她買她們的狗屎袋。

這倒底是什麼樣的兩個孩子？在社區自家門口賣檸檬汁的賣自家做的小餅乾的小孩子她幾乎每年都會碰到一二次。但就是從來沒碰到過賣狗屎袋的小孩。而且恰恰把狗屎袋就擺在她家門對面，恰恰讓她買。怎麼就知道她家有狗呢？

她家的大門口兩邊擺放著三只貓的塑像。有常識的人都知道這表明她家養有貓。但如何得出她家有狗的結論呢？

除了這幾天在她家垃圾筒中莫名其妙地出現了幾袋狗屎，她家沒有任何跡像可以推測出她家有狗啊。

即使她家垃圾筒出現了莫名其妙的狗屎，那也只有放狗屎袋的人及收集垃圾的人才知道她家的垃圾筒裏有狗屎啊。這兩個小孩子是怎麼知道的？

那兩個小孩是受大人指使在她家賣狗屎袋的？誰是指使她們的大人？他們是誰？為什麼對她家有沒有狗那麼感興趣？

一大堆問題湧上朱莉心頭。朱莉又厭煩又有點氣憤地說：“我家沒狗，我不需要狗屎袋。”

事後，朱莉想想是不是語氣有點過重了。如果那兩個孩子都只是正常的忽發奇想賣狗屎袋而已，是不是會覺得她的語氣有點不太友好？

然後，朱莉又想到，那兩個小孩賣的狗屎袋跟在她家垃圾筒裏的狗屎袋是一模樣的。

都是黃色的袋子上印有狗爪的腳印。而她又仔細地想了想。她確實以前在亞馬遜買過狗屎袋。是綠色的袋子上面印有一只只狗頭。她以前是不買這種袋子的，洽洽的屎她都是用清空的華人超市裝蔬菜的袋子裝的。但自從疫情，她會消毒各種包裝，懶得消毒袋子，所以乾脆在亞馬遜買了這種環保袋，這種袋子可以用來裝狗屎但也可很好的用來裝清理出來的洽洽的貓屎。為了省錢，她是加了長期訂購的計畫的，後來太多了，用不完，才沒有繼續訂購。

這麼看來，如果要推測出她家有狗，那麼只有這兩件事：一件就是她在亞馬遜訂了狗屎袋，一件就是在她家的垃圾筒裏有狗屎袋。

那麼問題來了：誰知道她在亞馬遜訂了狗屎袋？誰知道她家的垃圾筒裏有狗屎袋？誰在她家的垃圾筒裏放了狗屎袋？

不管怎麼樣，她馬上做了兩件事：第一件事是把亞馬遜上的狗屎袋訂單給取消了。另一件事，是把垃圾筒裏的狗屎袋清理出來，放在了垃圾袋裏。下一星期二，她發現那些垃圾袋都拿走了。

垃圾筒裏再也沒出現過狗屎袋。

但後來，有一次她去拿郵件的時候，發現在她的郵箱裏塞著幾只黃底狗腳印的狗屎袋。她沒有拿進屋裏，直接都把它們都放在了垃圾袋。

狗屎袋的事件還未到此結束。

有一次朱莉去散步。回來快到家的時候，看到那家新搬進來的墨西哥裔家門口，以及對面的菲律賓裔家的前院，甚至她家信箱周圍，飄滿了狗屎袋。

後來，朱莉再沒見那兩個小女孩賣狗屎袋。

不知怎麼著，從此以後，她家門口溜狗的人少了。而後院正對的野公園也恢復了以前的人跡稀少。

再次看到那兩個女孩，是看到兩個人在墨西哥裔租住的房子的家門口，叮叮叮地敲著一個鐵棍。

好奇怪的遊戲，好奇怪的兩個女孩子。好奇怪的舉動。

當天晚上，朱莉的睡夢中就聽到了這叮叮叮的敲棍聲，被敲擊聲驚醒後，發現還是半夜，外面正下著雨，叮叮叮的聲音是雨水順著水管流下碰撞到什麼金屬片發出的聲音。

三十三．官司

疫情改變了全部人的生活。

而改變了朱莉生活的卻不僅僅只是疫情。

那個陰魂不散的官司徹底改變了朱莉對美國的看法。她的身心也受到了巨大的影響。

朱莉不再把美國的陪審制度看作合理，朱莉也對美國的法律產生了深深的懷疑。美國的陪審制度和法律很多時候只是欺負好人，而保護了那些找法律空子的不法分子。

可能也是因為她自身的官司以及對美國法律和 法庭的印象的改變，也使得她對當時正監禁在加拿大的華為的大公主的遭遇深感同情。

事實上，美國的法律是只要想找一個人的過錯，總能找到一些的。你買房子時候的貸款申請，誰能確保其中沒有一點材料提供上的錯誤，誰都一輩子只買那麼一二次房，都是貸款公司、房產經紀人讓你提供什麼材料就提供什麼材料，誰也不會一行一行地去讀那些條款，對於華人來說，就算一行一行地讀了，也因為對背景的不熟悉而不可全部得以瞭解。那麼，如果要找那個人的過錯，也許在買房的貸款裏就能出現一些漏洞，然後就給你一個提供虛假材料罪名沒商量。罪名可大可小。再比如，你報稅的時候，因為每年的稅法都在改，而你只是一個稅務白丁，而且你打心眼裏厭惡每年報稅，你要喜歡報稅，你早就去讀稅務專業了。誰能保證提供的每一項材料合乎了規定。如果不小心漏報了一點什麼，如果真要查你，就可壓你一個偷稅漏稅，即使你是經過專門的報稅公司報的稅，一旦有事，報稅公司是不會承擔責任的，一切責任還是得由你承擔。再比如，如果你失業了，申請政府失業補助，也會讓你填報一大推的資訊，如果其中有所忽略，那麼罪名可大了，上升到聯邦級別的犯罪了。陪審員更是能被律師忽悠，真相並不重要，只要能忽悠住陪審員即可，所以上庭律師很多時候變成了演員，目的是讓陪審員們能入他們演的戲。

華為的大公主也是因為被抓住了這麼一點誰都可能存在的漏洞被陷害的吧。按說，人家大公司都是有正規的法律人士把關的，提交給銀行的材料也是經過銀行的審核考量的，既然你接受了材料，那就表明你接受了那些材料的合法性，如果你覺得那些材料不過關，不合法，那你銀行可以不批准的啊，或者可以退了材料讓他們重新提交材料的啊。但美國法律的奇葩就在於，銀行可接受你的材料，但材料上的漏洞卻還是要你負責的。沒有人會為你負責，哪怕是輔助你處理的法律界人士、機構也不會替你負責。而那些材料卻又不是一個普通人能搞清楚能搞明白，能完全百分之一百肯定裏面沒有任何漏洞。更何況人家是搞企業的，又不是搞國際事務，搞國際法律的。

美國不打算搞你時，當然那些漏洞就不存在的，美國打算搞你時，那麼那些漏洞就用放大鏡放大，並且不打算讓銀行或輔助處理那些材料的人負責，而是讓他們打算讓誰負責就讓誰負責。

在美國真的是步步都可以是陷井，法律上的陷井，就醫上的陷井，貸款上的陷井，言語上的陷井，即使對於向來安分守紀的華人來說，也都不知什麼時候掉入了一個陷井。

那一陣，就有好幾個華人被指控是中國間諜，好端端的一個學者，白天尚在大學教書，晚上就被荷彈實槍的員警當著家人的面抓捕，經過一番身心的巨大折磨和羞辱，最後又都撤了訟。

這樣的遭遇，你讓那些華人怎麼能安心在美國生活下去。怎麼能相信，美國的制度優越性？怎麼能相信在美國能更好地安居樂業呢？

華人遇到的那些訴訟以及朱莉遇到的一系列遭遇也讓她生出了這種猜想：是不是自己也是被懷疑是中國的間諜了？

可憐她一慣謹慎小心，遵紀守法，與人為善，還只是一個小公司的一個小小職員，難道也有資格被懷疑是個間諜嗎？

如果她都有資格被懷疑是個間諜，那可想那些在高校在高科技領域在風尖浪口專案工作的華人不知有多少人被懷疑是間諜了，不知有多少人處於被監控之中。

美國還能呆下去嗎？還有理由呆下去嗎？

可她已經變換了國籍，已經是美國人了。但美國人還是未把她當美國人看待呢。或者，也許其他的美國人也是受到這樣的待遇吧？

朱莉又想起以前洽洽的主人，那可是祖祖輩輩好幾代一直生活在美國的正宗的美國人，為什麼會精神病發作？是不是也是因為受監控但不讓別人相信他們受監控而把他們搞成精神病發作的？或者他們其實並沒有精神病，只是有人要讓別人相信他們是精神病？

而朱莉對於被當作間諜的猜想還只在猜想當中，但那個西佛吉尼亞的官司卻是實實在在的。

那時，朱莉的身心還未從次聲波的影響中恢復。當天，好端端的天氣，突然間狂風大作，天完全暗下去了。然後傾盆大雨就嘩嘩地下了下來。

"不好的兆頭。"朱莉暗暗心驚，"什麼事情又要發生了？"她才產生這個心念，雨下得更大了，雷聲閃電也大作起來。就像末日就要來臨。

突然，一陣急促的敲門聲響起。

朱莉的心突突地跳了起來。

按住心的突跳，朱莉輕手輕腳的下樓，從貓眼上看出去。是一個員警！

員警這時候在寫什麼東西，然後塞在門縫上，又敲了幾下門，就開上警車走了。

朱莉等他走後打開門。拿了字條，看到上面說："我是來送法律檔的。打我這個電話。"

朱莉知道自己沒有別的選擇，當下打了字條上的電話。員警說："有人在家啊？那我馬上再回來送。"

員警很快就回來了，送完相關檔，讓朱莉簽了字，就走了。

又是那個西佛吉尼亞的房子的事。

以前，法庭已經判定朱莉要陪四萬美元。朱莉上訴，上訴法庭說材料不全，按原判定執行。

原判定裏沒有提及朱莉什麼時候陪款，這次那個原租戶又找了一家免費的律師。律師找了朱莉工作的 AltitudeX 公司，公司按規定每個月從朱莉的工資上每個月扣上相應的賠款。現在是因為公司通知他們，朱莉已經不再公司就職了，所以這每月的賠款就停了，現在律師就要求要不在限定的時間內陪完款，要不在約定的時間攜帶各種財產證明去與律師方見面，討論賠償問題。

朱莉比較傾向在限定時間內陪完款。這樣她至少不用去開各種財產證明，那將又是一件她所不知道的領域，而最後還是可能判定她全款賠償。再說，如果坐下來一起討論，這時候美國還未放開，又要面對疫情下的人與人的接觸問題。

龐文彬說：“那就全款陪了吧。早就讓你陪一筆錢完事的。”

他倒說得輕巧，那時，女兒的學費要付，各種房貸要付，每月的現金只能打平，哪里有錢付款？而他每年卻仍然把他的 401K 全額存滿，根本就不考慮她要面對的壓力。再說，那時候還對美國的法律有信心，以為都是像電影裏電視裏放的那樣：一定是最後好人得到保護，壞人得到懲罰那樣的結局。

倒是原來調解的那個律師說過：“你這官司不一樣你能

贏的，因為你不知道你會碰到什麼樣的陪審團。"

朱莉那時還想，難道官司的勝負不是由法官決定的嗎？碰到什麼樣的陪審團有什麼關係？朱莉還以為陪審團只是給予參考意見，最終的判定是由法官判決的。而且朱莉既然能說服那個調解律師，錯的是對方，而她沒有做錯什麼，也一定能說服法官。法官肯定是比調解律師更高明更搞法律的。朱莉太天真了。而那個律師說的是對的。陪審團最後留下的人是完全由對方的 律師操縱的陪審團，都是一些一生中從來沒擁有過房子的租戶，會站在誰的立場上考慮問題就可想而知了。

朱莉的錯，就錯在對美國庭審的不熟悉，錯在太信任美國的法律了，錯在以為案件的判定是由法官決定的，錯在認為既然調解律師都已經相信她沒錯，還有什麼顧慮法官會不相信她沒錯呢？

現在，錢哪兒來呢？只能從 Home Equity Loan 裏先預支了。

龐文彬說："我會匯些錢給你的。"語氣裏倒是顯得不情不願的樣子。好像是給了天大的人情。

朱莉已經不再把他當作是同甘共苦的家人，只當作願意伸出援手的外人，作為外人，願意幫她這個忙救這個急就夠了，還要計較人家什麼態度呢？

不光不計較，也還把他當作外人那樣的鄭重其事地謝了他。

這時，他倒是說了："謝什麼呢，你的事也是我的事。"

"那你早幹什麼去了？你每年寧願把你的錢存在銀行裏，寧願把 401K 全部存滿，讓我去面對每年的學費房貸各種開支，面對無力支付那筆賠款，而只能一個月一個月地支付，這是為什麼呢？這分明是表明我的事不是你的事嘛。"朱莉在心裏嘀咕。也只限於心裏。

當你把一個人不再看作那麼重要時，你也失去了計較的興趣。

這倒也好，不再計較，至少維持了彼此的和平共處。不抱希望，自然也不會再引起失望。

只是朱莉有一點點好奇，人的心情真的能決定天氣嗎？或者她的心情能決定天氣嗎？

那天如末日般的天氣正好相對應於如末日般的心情。朱莉都有點唯心論了：要不，天氣能預知配合她的心情，要不，她的心情能決定天氣。

如果再想得離奇一些：如果是有人能決定天氣呢？如果有人知道她將有一封對她來說讓她不開心的信件要來，預先就準備好了天氣，預先就排演好了在電閃雷鳴時刻剛好就按排那個員警敲門呢？

但如果不想那些唯心論，用邏輯來推理，最合理的解釋會不會就是：員警早就準備好了那封信，一直等這一刻，就等狂風暴雨，電閃雷鳴的一刻來敲她的門呢？

那麼，那個員警一定就在附近，說不定就在對面。聽麗莎說，對面鄰居家何塞是 FBI，他的兒子是當員警的，說不定就是他兒子的同事呢，畢竟她是知道何塞的兒子模樣的，那個員警不是何塞的兒子。

那麼，如果再設想得高科技一些：如果他們連氣象都可以改變，那麼，天氣也是他們造成的，那一刻也是由他們造成的，並預先準備好了在那一刻送的那封信。

那他們搞得那麼戲劇化幹什麼？

為了看她的心情如何變化？腦波如何變化？思維如何變化？行動如何變化？

朱莉不禁啞口失笑，這也想得太戲劇化了。

行動被監控已經夠戲劇化的了，連腦波反應思維變化也都在被監控中，那是不是真的是異想天開了？

那都比楚門的世界還可怕了。

朱莉的經受的一系列遭遇讓她懷疑不止一派人在監視著她。似乎看起來，有要害她的，也有要保護她的。這也可解釋為什麼她目前到現在看上去還能過著正常的生活。

誰要害她？誰要保護她？為什麼要害她？為什麼要保護她？

如果再轉一個角度設想，也許也說得通：

也許雙方都是想保護她的。只是一方都懷疑另一方想害她，所以才產生種種奇怪的事。

比如，如果一方認為另一方想在食物中下毒，那麼就會緊密監控是什麼人送了什麼食物，她買了什麼？從哪個途徑買的？要知道這一切，就需要對她監視有什麼人上門送了什麼東西，她最後吃了什麼，她最後扔到垃圾筒裏的是什麼。而另一方知道那一方懷疑這方要下毒害她，那麼就會證明這方根本不想害她什麼，那麼她那次想吃銀耳，是因為她要治咳嗽，而見她不想吃的時候，就要把“銀耳可治咳嗽”的想法塞進她的腦子。

如果這個理論成立，那也可解釋為什麼那一次她找一罐鹽就是怎麼都找不到了，最後只得重新打開一罐。那時因為一方認為另一方在她的鹽裏下了毒，那一方就必須得讓她的鹽消失。

那麼，這麼說來，說不定都有人隱身在她家屋裏，或者使了什麼障眼法，讓她就是見不到那罐鹽。

如果前提是雙方都擁有最頂尖最特殊科技的話，甚至擁有改變氣象的能力的話，那麼障眼法就是小菜一碟了。

那也可以解釋那天明明看到的一輛普普通通的車有著不普通的影子，為什麼在監視器裏是兩輛警車。

不就是運用了一些光影的原理嘛。

只是為什麼要這麼做？

那麼一方是為了保護她又不讓她知道其實有什麼不尋常的事發生在她周圍，所以停的是一輛普通的車。也使路過的行人不能覺察裏面有什麼不尋常的事發生。而另一方則要警告她，有員警在監視她，而且如果她回放錄影，她有可能報警，讓人知道那方在監控普通居民，或者那也是那一方造成的光影效果，以讓另一方正監控那個監視器的人誤認為此地此刻有案件發生，讓另一方誤以為朱莉是一個受警方特別關注的人。只是沒想到，因為龐蕤的那只貓辛巴的咳嚎，讓朱莉既看到了那輛普通的實物車及不普通的影子，以及看到了在監控器上的卻是兩輛警車。

而當朱莉對洽洽說出："原來我們都生活在楚門的世界"時，雙方都以為朱莉知道了她被監視，是怎麼知道的？最開始都以為自己這一方的監視被發現了，有一方就想讓朱莉承認是她腦子有病了，所以各種次聲波迫害出現了。另一方當然不想讓那方得逞，所以就中止了對朱莉的次聲波迫害。也向對方表明，那一方也是會次聲波技術的，不光是會發出次聲波，還能中止次聲波。

如果對這個次聲波的交量事件再推演一下：如果只是一方既發起次聲波迫害，又中止次聲波迫害，似乎也能解釋通。如果是那一方想讓朱莉懷疑發起次聲波迫害的是另一方，而那一方是保護朱莉的，免受了她受次聲波的迫害。為什麼要讓朱莉懷疑是另一方發起的迫害？為了讓朱莉去做另一個斯諾登？告知公民他們確實是受政府無孔不入的監控？

看來，各種推演都能解釋得通這些事件。

說不定，不僅僅只有雙方呢。如果真的有雙方頂尖力量在鬥法的話，肯定還有其他幾方要不也在參與，要不也在觀戰。總之不會在那兒熟視無睹。

她辭職的那天，看到的，說不定是一場世界大戰，全球最頂尖科技力量的大戰。

那她是目睹了一場世界大戰在她的家門口發生了？

三十四．回來的和走了的

在朱莉最艱難的那些日子是，是父母的愛和姐妹的愛支撐著走過了那些艱難的日子。

朱莉曾向龐文彬求助：“你什麼時候回來？”

龐文彬說：“我可能不會回來了。你不是現在已經好了嗎？”

朱莉說：“可是我精神上仍然需要安慰。”

龐文彬說：“老闆沒讓我回去呢。而且現在機票也貴。”

朱莉知道再多說也無用。夫妻本是同林鳥，不要希求太多，不能希求太多。不想過下去了，可以離婚，現代人的選擇很多。如果不選擇離婚，那就接受現狀吧。

被這一刺激，心裏倒是又激起了更多的堅強。想想獨在他鄉的那些單身母親吧，想想獨在他鄉的那些未婚女子吧，生活的艱難對她們來說只會比她更多，也沒見她們就活不下去了。

從此再也不再關心他的事情，打定主意自己開創新生活。出版社辦起來了，雖然業務還挺少，但讓她看到了是一條活路，不會是一個陪本的生意，等真的做大了，還可以持續地帶來被 動收入。

而且開出版社一直是她的心願。在中國時，個人是不可能開出版社的，她只開過一個工作室，與出版社合作，也出過幾本書。

而在美國，可以個人開出版社，在中國經濟大力發展了的今天，美國華人眼中的美國只剩下：好山好水好無聊了。除了天氣好，掙錢還不如中國容易了。國內的朋友紛紛把孩子送到北美受教育，對他們來說，這私立初中私立高中私立大學的學費負擔根本不算一回事，賣掉一個房子就全齊了。而人人手上都有好幾個房子。很多人手上還有大宗的生意在做。相比，在國外的華人回國都給人印象：穿著土氣，說話洋氣，花錢小氣，已經入不了有錢有房有閑的國內朋友的眼了。但是，能在美國開出版社，卻是相比於在中國來說最大的優勢。

如果呆在中國的話，這輩子都不要做開一個出版社的夢了。

朱莉最初在紐約大學讀的本來就是出版專業，但是由於那時與龐蕤和龐文彬兩地分居，照顧不了孩子的學習，孩子開始天天不做作業，老師的評語裏都寫著：經常不做作業。再加上紐約大學的學費太貴，還得自己租房，還得上英語班。才堅持了一個學期，朱莉就很現實地決定不再讀下去了。

後來，讀了喬治華盛頓大學的全時 MBA，畢業後又恰逢金融危機。在金融行業打工的路被斷裂。雖然以前國內在互聯網公司工作時，是負責網站內容的，但好歹也認識公司的 IT 部門相關的工作，也會用所見即所得的網站編輯工具製作靜態網頁，憑著以前在 IT 行業工作的一點點經驗，才一步步地轉而做軟體工程師的。

這次有了重新考慮以後的道路的機會，她把出版社的工作重新拾了起來。以前為了出版她自己的書，她早就已經成立了出版社的，但是，因為有全職工作，又要照顧家庭，所以能投入到出版社的時間少得可憐。

這次既然辭職了，生活也開始重歸正常。她決定要把出版社重新啟動，大力發展起來。

以前收到發給出版社的來信，朱莉並沒那麼熱情答復。現在一個機會都不放過。來信必複，而且態度很好。

在來回答復一個客戶的幾十次來信後，那個挑剔的客戶終於決定在她的出版社以較低費用的方式出版她的詩集。

終於有了第一個客戶，後來，就又有了第二個，第三個，第四個。不知不覺中，居然業務做了起來。掙的錢與做軟體工程師當然是沒法比的，但是，這是她自己的企業，前景還未展開，還有潛力可挖，而且，時間上的自由也是她最珍惜的。再說，她還有時間自己寫些小說。

她甚至去郵局申請了一個專門的郵箱，又購買了一千本書的版號，買了印表機，切紙機，封裝機。

這時，龐文彬突然要回來了。當然不是他自己想回的，而是他公司總部的老闆讓他回來的，因為總部開發出了一個新產品，想讓他看看。

倒是也好，至少朱莉的父母都希望龐文彬回美國一家團聚，已經差不多兩年未回美國了，父母都不希望他們的婚姻有什麼變化，特別是在這幾年艱難的時刻。他來過一次，朱莉總算在父母那兒也能有個交待。

回來後，朱莉就漸漸地把各種經歷的離奇的遭遇跟龐文彬說了。龐文彬自是不信。但當朱莉說，那個無線監控器的警報聲會從電話機上傳來，而不是從監控器上傳來時，龐文彬拿起電話的聽筒聽了一下。

"電話已經不好使了，已經打不進來電話，也打不出去電話了。"朱莉告訴他，"以前還好使的，某一天開始就不行了。不知是電話壞了還是什麼線路壞了？"

龐文彬說："電話壞了，可以換的。"

然後龐文彬就開始搗鼓那幾個電話，發現只要把電話接到地下室的匯流排那兒，就好使，但如果直接從牆上的電話線接過來，就不好使。

"可能那些人搞來搞去的，最後把電話搞不回去了。"龐文彬開始相信朱莉說的話了。

那天，龐文彬從公司下班，很神秘地告訴朱莉："我公司老闆被政府部門查了，還正在查。"

他開始相信朱莉說的那些事，在他看來不可能發生的事，都可能都是真的了。

他公司的老闆是個香港出生但在美國受的高等教育的華裔。如果政府部門正在針對華裔老闆做些什麼監控，那麼作為華裔的朱莉受到的種種遭遇那也可能是真的。

而且，電話的故障就在這兒放著呢，這是他親眼看到了的。

而且當朱莉說到無線監控器上看到的是兩輛警車的事，龐文彬重複讓朱莉確認了好幾次，若有所思的樣子。

以前朱莉家進了小偷後曾買了一個監控器一個報警器，都是龐文彬在設置，報警器由於經常發出虛假的報警聲後停用了。另一個監控器則一直都是他在控制的。原來，一直放在微波箱的旁邊，正好對著廚房和早餐室。後來因為各種奇怪事件開始後，朱莉懷疑是龐文彬在監控她們，就把那個監控器撥了，進而放在廚房面對後院的窗臺，讓它可以監控後院。

所以，這時，朱莉很想問他："在監控錄影中曾看到什麼？是不是也看到過一些很奇怪的事？"就像朱莉在監控器上看到的兩輛警車一樣，實物卻只是一輛普通的車子有著奇怪的影子這樣奇怪的事。

但龐文彬卻一副不想說，但有所領悟的樣子。所以朱莉也就不再追問下去了。

後來，朱莉告訴他："麗莎說我們對面的鄰居是FBI。"

又告訴他斜對面那家原來房產仲介馬娜的兒子離世的事後，龐文彬就開始不願意聽到任何類似的事，類似的猜想。

朱莉再提類似的事，他就說她："根本沒有的事，什麼監控，什麼次聲波，根本沒發生過，那是因為你瘋了，所有的事都只是發生在你的大腦裏。"

這句話差點把朱莉氣瘋。

朱莉說：“那你親眼看到的電話不好使了的事吧。電話根本沒壞，就是打不出去也打不進來了，接到匯流排那兒就好使了。”

龐文彬說：“我們小老百姓，有什麼可以被關注的事。事情過去了，那就算了。現在我們就好好生活，你要多鍛煉身體，把身體搞得好些才是正事。”

龐文彬呆了二個月，就回去了。

朱莉繼續做著她的出版社業務。AltitudeX 公司仍然時有信來，因為朱莉的 401K 仍然在那家公司，這些信抬頭雖然是那家公司的，但實際上信應該是由 401K 的公司寄出的。

朱莉及其討厭看到 AltitudeX 公司的來信，因為這會勾起她不愉快的記憶。

她只想把那家公司及帕特爾博士都忘了。

但是，某一天，那封信裏寫著，AltitudeX 公司雖然正在被另一家公司的收購過程中，但是不影響她的 401K 帳戶云云。

啊，原來那家公司要倒閉了。這才一年多的時間。看來，那家公司後來確實也發生了很多事。

這時，她才有點興趣去查了查 AltitudeX 公司的消息。她坐在自家的書房，用重新格式化了的筆記本電腦查詢關於那家公司的新聞。

她現在已經開始重新用起了 Google，曾經一度，她都拒絕再用 google，是因為 google 搜索也發生了一些離奇的事。比如，當她用 20878 的郵編號碼搜索氣象。20878 的郵編是兩地共用的郵編，它可以是 Gaithersburg，也可以是 North Potomac，但是用 Google 搜索出來總是顯示：No Potomac。以前不是這樣的，以前一般都會顯示是 Gaithersburg，因為 Gaithersburg 更有名一些，North Potomac 只是一個行政區域，鎮政府是沒有的，用的是 Gaithersburg 的鎮政府。Gaithersburg 範圍更大一些，而 North Potomac 只是裏面的一部分。因為 North Potomac 的學區好，所以住在 North Potomac 的人更願意把自己所住地稱作 North Potomac 而不是 Gaithersburg。但是不管如何，不可能產生搜索結果為：No Potomac。Potomac 是另一個鎮名，朱莉所住的地方雖然是 North Potomac，但與 Rockville 及 Potomac 及 Gaithersburg 都毗鄰。所以 GPS 的定位很可能是下麵四個位置的一個：North Potomac, Gaithersburg, Rockville 或者 Potomac。就是不可能顯示 No Potomac。但 Google 搜索卻分明顯示著 No Potomac。

而當它用 Bing 搜索 20878 時，Bing 就會顯示要不 Gaithersburg，要不 North Potomac。

這說明了什麼？這說明有人改動了 html 檔。朱莉是做前端工程師，知道用 Javascript 程式改動 html 檔是一件很容易的事。但是，是誰在運行這個 Javascript 程式？要麼是 Google 的工作人員，要麼是那些相應的擁有很高權力和很高科技的相關神秘部門。

這也是她被不明勢力監控的一個證據。但是，現在既然把一切都當作正常了。她開始正常的生活，她也就不再去想那件令人迷惑的事了。

見怪不怪，其怪自敗。這是她目前的人生態度。

更何況學了《金剛經》後，對人生的幻相也有了更深一步的體會。如果一切都是虛幻的，在虛幻之上再添加些虛幻，也仍然不過是一個幻相而已。

然後，就看到了二個令人震驚的新聞：

帕特爾博士被捕及被捕後在監獄中自殺身亡。

是他殺還是真的自殺？

這些年頭，發生了很多起離奇的自殺案，都讓人懷疑並不僅僅只是自殺那麼簡單。看來，被自殺並不是一件很難的事。這幾年來，很多關鍵人物都在關鍵時刻及時地自殺，從而讓所有本就可揭開的謎語重新進入迷霧。

寧做太平犬，不做亂世人。現在真的是亂世呢。

帕特爾博士的自殺帶走了什麼秘密？他為什麼要自殺？他到底做了些什麼？

儘管朱莉早就懷疑和痛恨他對部下的監控，尤其是對她的監控，也痛恨由他而引起的發生在她身上的一起起離奇的事，如果不是他，她一定一直過著普通忙碌的太平日子。

朱莉對他的印象最初是挺好的。面試的當日他就拍板要了她，定下了薪水。讓她不必再熬過一星期等待面試結果。那時，他是坐著的，她沒覺察他其實很矮。

報到的第一天，她按公司的正常時間到達 AltitudeX 公司，辦完入職手續時，他還未到。人事部讓她在她的電腦所在的位置安置下來，並等待他。

他朝朱莉走來，朱莉並沒認出他來。她看到一個很矮，長得有點醜的人向她打了一個招呼，她沒反應過來。表情可能有點淡漠。

她的反應有點刺傷了他。他有點不自信起來。

朱莉也於此同時，反應過來了，他就是她的上司，上次面試她的人。“啊，上次見到他好像沒那麼醜啊，也沒那麼矮。”心裏飛快地劃過這麼一個想法。很快意識到，上次面試時，他是坐著的。而她因為面試一慣緊張，口乾舌燥，其實也沒注意到他具體到底長得什麼模樣。

朱莉臉上馬上展現了笑臉：“帕特爾博士？”

他的臉放鬆下來。不自信的表情不見了。

後來，才沒工作三個月，朱莉要回中國，他也很快地批復了。雖然那時候，她的假期還未積累那麼多，他允許朱莉用未來的假期補上。

是從收到那封她不應該收到的信開始的，她開始懷疑他在監控她，而且在用她的帳號進入她的電腦。那封信的產生是因為他沒有及時退出她的帳戶，而以為他已經在他自己的帳戶才可能產生結果。而他好像也知道了朱莉覺察出他在監控和用她的帳號，從那次事情開始，一切都走向了事與願違的去向。

他開始漸漸露出了他不善良的一面，好像他那兒發生了什麼事，是很大的事，不是小事，好像他打定主意要讓朱莉做他的替罪羊。

想到他後來竟然能變成這麼壞，竟然讓一個無辜的人，一個他監控的受害人去當他的替罪羊，朱莉又覺得這個人是沒法被原諒的。她也一輩子都不准備原諒他。

一個人，從一個好人，到變成一個壞人，他經過了什麼轉折？他內疚過嗎？他後悔過嗎？他是一開始就是壞的，還是本質是好的，只是變了？

他的轉變的過程對朱莉而言，是一個黑箱子。

她的及時辭職，讓她脫離了當替罪羊的命運。所以他只能自己去頂自己做的什麼事了？

那是什麼事？是他的事引起的 AltitudeX 公司的破產嗎？那個前不久還一直快速發展的公司，怎麼說破產就在一年多期間破產了？

朱莉離職時，對 AltitudeX 公司和帕特爾博士都是厭惡的。這當然更多是因為那份工作對她造成的傷害。當她提出辭職時，朱莉知道那家公司是巴不得她早日提出辭職的，而不是要追究帕特爾博士監控無辜員工的過錯。

但死亡的懲罰卻還是太重了一些。一家公司破產了，它還可以被收購，一個人死了，卻再也不能複生。

朱莉以為她應該把她遇到的離奇的遭遇當作一場惡夢，現在夢已經醒了，她已經對她的遭遇有了一些推斷，有了一些結論，而她也開始過上了正常的生活，事業也漸漸發展起來，更重要的事，現在她擁有時間上的自由。

她願意從此把那些事情都放下，重新開始新的生活，過一個正常人的生活。平凡的健康的普通的生活。

但帕特爾博士的死亡卻好像在提醒她，她遠未了解事情的真相。

這時，像每次她坐在書房寫作的時候，那個跑步的人又一次跑過她的窗口。這是一個程式嗎？每次她坐在書房時必須要運行的程式？還是因為她書房的位置比較特殊，一般的監視器材無法到達，所以必須得有一個人跑過窗口才能監視到她？

那麼，其實她依然是被監視中？

尾聲

時間永遠向前。又是一年，二零二二年了。

朱莉決定她的生活終於某種程度上恢復了平靜。她重新工作，身體也重新變得健康。

以前的種種經歷都好像是一場夢似的，在陽光明媚的時候，朱莉咪起眼睛，總覺得發生過的一切都是不可能的。

那個平常的一天，是個微雨的早晨。上班路上，朱莉的車在十字路口停了下來。

一個長著鬍子衣衫襤褸的老人向她走來。朱莉從錢包裏抽出一美元，搖下車窗，準備遞給他。

他卻沖她一頓亂喊："幫我找到地球園的出口，幫我找到地球園的出口！我已經在裏面困了十年了。我後悔當年三零一二年時私自從航空巡園號上跑下來了。"

看來此人瘋了，朱莉說："什麼地球園，什麼三零一二年？現在是二零二二年，十年前是二零一二年。"

"不是的，不是的，你不是也是知道的嗎？你看我們手上都戴著一樣的珠子，這就說明我們與地球園的人是有區別的。現在是三零二二年了，二零二二年是地球園裏的時間。"

"老人家，你在胡說什麼？"

“地球園裏展示的都是一千年前的地球人，所以這兒才是二零二二年。我沒胡說。我不想呆在地球園了，這兒太無聊。我知道你知道出口的，只有手上戴著這種珠子的人才不是地球園的人。告訴我出口，告訴我出口！”

這時，一輛警車停在了朱莉邊上。走下一個濃眉大眼的員警，對朱莉解釋：“他是從瘋人院裏跑出來的，別聽他的，我現在就把他帶走。”

說完，就把老人拉扯進了警車。拉扯的過程中，老人一只手還在那兒揮舞著一直沖朱莉喊：“告訴我出口，告訴我出口！”

朱莉發現那個員警就是家對門的鄰居何塞的兒子。

他的左手腕上也有二串與她一模一樣的珠子。與老人的手腕上二串珠子一模一樣的。